图书 影视

木辞山 著

江苏凤凰文艺出版社
JIANGSU PHOENIX LITERATURE AND ART PUBLISHING

辑一：

有关于你

我们永远都在今天。我们永远都不必去明天。

- ·003· 别再让我的爱变成残局
- ·007· 我不想再那么爱你了
- ·010· 缘浅难去九华山
- ·015· 我们永远都不必去明天
- ·019· 失温
- ·023· 证明题
- ·027· 请爱我，连同我世界里漫长的雪
- ·031· 不要哭
- ·036· 后来，只有风还记得我爱你
- ·039· 爱上火光是人类的宿命
- ·043· 爱不是我的唯一出路
- ·046· 爱是人类求生的本能
- ·050· 在爱里万岁万万岁
- ·053· 暗恋
- ·056· 如果你能拥住油尽灯枯的我
- ·059· 我喜欢过你，月亮知道

CONTENTS

- ·063· 句号
- ·067· 请别只爱我的光鲜
- ·070· 肆意撒娇
- ·073· 还是爱了你很多年
- ·075· 忍不住说爱你
- ·078· 情书
- ·081· 我不做爱的囚徒
- ·084· 人生就是无数次的死去和复活
- ·087· 看星星的时候,不说爱好不好
- ·090· 只要你来,四季都让步
- ·093· 我的爱,从不高尚
- ·096· 等我能平静地和你道一声永别
- ·099· 爱是不能精打细算的
- ·102· 爱是榫卯结构的建筑
- ·105· 有的人不需要被拯救
- ·108· 我们就此,不要再见

辑二：

唯有自渡

生在冬天的你，请不要被虚幻的梦境打断生长。
熬过了严寒，会和希望在春天见面。

- ·113· 像我这样并非孤本的残篇
- ·116· 幸存者不要说抱歉
- ·121· 祝你永远是你
- ·124· 不要害怕与雪共白头
- ·128· 因为太过清醒，所以太过孤独
- ·132· 明年不做逃兵了
- ·135· 如何不算是玫瑰
- ·138· 所幸仍有人爱月亮
- ·141· 二十岁，我们又从零开始了
- ·145· 所有的文字都洞穿我
- ·149· 祝你野蛮生长，斗志昂扬
- ·152· 总有人能理解小猫的薄情
- ·156· 像我这样一往无前的风
- ·159· 在每一个漫长的良夜

CONTENTS

- · 162 ·　今天我又想去迎接大海
- · 166 ·　我与自己周旋已久
- · 170 ·　我们并不为他人而活
- · 173 ·　离开人群也不孤独
- · 176 ·　大部分人都永远无法自由
- · 180 ·　我们都高估了自己爱人的能力
- · 184 ·　妈妈,我瞒着你的白头发假装是在喜极而泣
- · 188 ·　妈妈,请原谅我的眼泪
- · 192 ·　妈妈,难过本就不需要避讳
- · 196 ·　你比黑夜要温暖些
- · 200 ·　不必忧心,我仍在期待明天
- · 204 ·　我是我人生中的第一人称
- · 207 ·　别再走进任何一个冬天

辑三：

在人世间

想祝你时刻清醒却又不失浪漫，想祝你即便不是小王子，也能遇见为自己而来的玫瑰。祝你永远都在奔赴下一场春天。

- ·210· 写在未来的死亡之前
- ·217· 飞鸟总有涅槃之时
- ·219· 没有爱，我也能高歌破阵
- ·222· 出路
- ·225· 有的人，心在月亮之上
- ·228· 愿你长疯骨
- ·231· 唯一且不可替代的十五年
- ·234· 但愿这世界常青
- ·238· 你是第二座孤岛
- ·241· 愿你岁岁欢喜，此生无恙
- ·244· 大树与玫瑰
- ·248· 因为我要忙着爱你

CONTENTS

- 253 · 你是我想要投身的那片海
- 257 · 我该去哪里寻找你
- 261 · 你是永不落幕的盛夏
- 264 · 你身所在，便是吾乡
- 269 · 笨蛋童话
- 272 · 好久不见
- 276 · 老了也一起去晒太阳吧
- 279 · 我坚信会遇到坚定的你
- 283 · 人类是地球的老年斑
- 286 · 一朵花的葬礼
- 290 · 不要随意踏入我的世界
- 293 · 闲暇杂记
- 301 · 天使使用手册

辑一：

有关于你

我们永远都在今天。我们永远都不必去明天。

Chapter 1

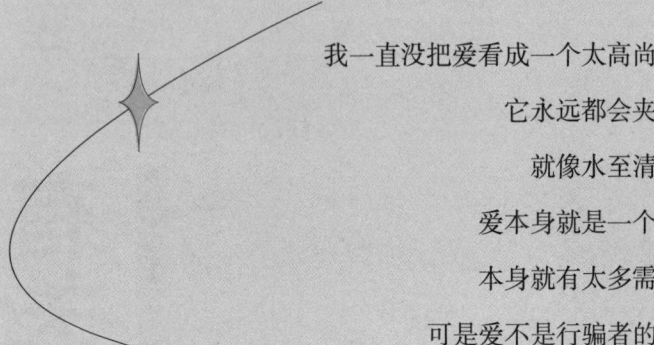

我一直没把爱看成一个太高尚的东西，
它永远都会夹杂私情，
就像水至清则无鱼，
爱本身就是一个组装品，
本身就有太多需要考虑。
可是爱不是行骗者的通行证，

它或许复杂，
或许算不得纯粹，
或许也会过期，
但它不该被做成皇帝的新衣。
你献上的时候，那人会穿，
即便明知有所不实，但他爱你。
"爱得更深的人先掉眼泪。"
爱有自己的法，
爱有叫人难以理解的罚。
谁在爱里草船借箭，风生水起，
谁在爱里肝脑涂地却遭厌弃。
爱有无数对不起，但爱有多少对得起？
于是全凭良心。

辑一：**有关于你**

别再让我的爱
变成残局

> 我变得越来越难以相信长久的爱。

童话故事总是恰好结束在一个皆大欢喜的节点，坏人得到惩治，好人幸福美满，正义战胜邪恶，圣洁取代脏污。可是世界上哪来那么多美好的事情，太多事情都难两全。就像很多人相爱却选择分开，浪漫死于柴米油盐，一往情深被当作笑话，承诺像是易碎品，不好好保存的爱情终究会过保质期。

现在的爱好容易，多的是自诩深情。

新鲜感一旦过去，就说还要去找寻自己的真爱。打着冠冕堂皇的旗号宣传自己爱情至上，明明自己是先变心的那个人，却还是恬不知耻地自诩正义。就像在河边拎着竹篮打水，却要怪水离开得太急切。

我变得越来越难以相信长久的爱，也越来越不知道该怎么去长久地爱。

世人的爱大多都像是一个不可触碰的展览品，一旦有所磕碰就会被勒令原价偿还，说得好听是在寻找真爱，实则不过是一场又一场的骗局。稍微有些好感就立刻表白，像是在抢着登机一样，前仆后继地寻找一个看得顺眼的人就地当成邻位，等落地后就各奔东西，不复相见。

我也逐渐害怕被喜欢被爱，分不清那些试探是真心还是假意，害怕他们爱的只是某一部分的我，在面对了全部之后又反过来指责："唉，我看错你了，你怎么是这样的人。"

因为害怕被抛弃，所以很多时候我会略显病态地想，如果终将要离开，那不如让我先说再见。好像人生中的所有事情都必须分出胜负一般，我攥着那点微薄的自尊和所剩无几的硬气在感情里争一分输赢，说："是我先不要你的。"

仿佛这样就能扳回一局，好像我还是一副没人能击溃的模样。

我不够温柔，做不了清冷的白月光；也不够热烈，做不了能烫到你心坎的朱砂痣。我或许是迟钝的、小心翼翼的、敏感又胆小的，总和自己犟着脾气的人，容易被感动得掏心掏肺，也能在感情破碎之后迅速收拾好心情，而后对所有的示好敬而远之。

在这个做什么都追求速度的世界里，慢热是原罪。

可我还是愿意等待。

等一个愿意慢下来的人，等一个值得让我爱很多年的人，等一个会和我一起漫步在四季，看云卷云舒、潮起潮落的人。

其实哪有什么强势和自我封闭啊？我也只不过是一只躲在荆棘里的兔子而已。

慢慢等吧,太急切的爱情就像风,大多只是路过。

如果真的能等到那个人,谁赢都无所谓了,只是别再让我的爱变成残局。

我一直觉得，爱你和拥有你是两回事。

我可以很激烈、很热情、很坚决地爱你，

你爱不爱我这件事我却无法努力。

情绪是我自己的，如果你能回应那再好不过，

如果你不能，那也没关系。

我慢慢爱你，慢慢消耗热情，

等有一天，我对你的爱也会被消磨殆尽。

然后我会踏上新的旅途，

而你并不在沿路。

我从不恳求得到爱意。

我不想再那么爱你了

> 我本该是开出花的玫瑰。

我不想再那么爱你了。

爱你是一件消耗热情的事，你是火种，我是那只明知道会被烧得灰飞烟灭还固执己见的飞蛾。一次又一次地被灼伤太痛苦了，我的眼泪混着血肉，如同花瓣一样被剥落。那看似能当作展品的美好躯壳下面，是破败不堪的枝干和一个疲惫的灵魂在苦苦支撑。

我爱的人不多，爱我的人也寥寥无几。所以我极其害怕身边的人离开。因为得到的不多，所以总觉得所剩的非常珍贵。对你的每一次转身，我都害怕极了，哪怕我知道你并不是真的不要我了。

我把自尊看得比命重要，在你面前低头，是因为你比我的命更重要。

成年之后的人好像迅速地就被归到了独立自主的那一分类，我好像被你彻底割下，从此喜怒都与你无关。虽然好像一直都表现得很快乐，可是那些细微的幸福和难过比起来不过是蚂蚁和大象。千里之堤溃于蚁穴，我的爱，不足以填补那些空缺。

我好像出了问题。

好像失去了长长久久地喜欢一个人的能力，也失去了这个年纪该有的肆意。像是古宅里许久未用的枯井，像是荒漠中快要干涸的湖泊。我不会再爱人，也不相信有人会爱我。

我是本该开出花的玫瑰，但最终越长越多的却是尖利的刺。

你是聪明的，也是爱我的。但是你可能爱自己更多一些，至少，比爱我多一些。

你目睹我被刮伤的过程，也亲眼看着它们结痂，所以你更懂得怎样撕开它们会让我更痛。你懂得如何刺伤我，胜过如何抚慰我。

人无完人这个道理我从来都明白，我也的确有很多错处尚未改正，我都知道，我都承认。

我也感到抱歉。

只是越长大我越不知道该如何快乐，该对谁撒娇，那些只想和心爱之人分享的事情，对上你不耐烦的神色时，又该怎么开口。

我真的，真的会很难过。

我这辈子只听得进去我所爱之人说的话，所以也是你的话最伤人。

你的爱太锐利。可哪怕被刺得千疮百孔，只要你俯身一个拥抱，我便还是爱情里最忠诚的奴隶。

我也许愿不再那么爱你，可爱不是玄学可以决定的。

只要你能够微笑着站在我面前，哪怕露出一分的温柔，我还是会控制不住自己。

亲爱的，你一点点的爱，我都会用一生去回应。

辑一：有关于你

相遇错过，没说再见，

你我都非永生的火焰。

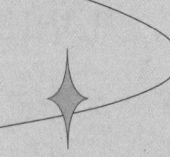

不过是彼此在逃离孤独的追捕间，

相拥取暖了些许年。

故事里多有欢喜却未有结局，

我不愿问缘故，亦不知去处。

你明白的，旷野的花丛也会干枯，

空镜里唯剩一片荒芜，

我们都将各自成为别人的朝暮。

缘浅难去
九华山

> 在这里,扶正缘,去孽缘。

"酒入愁肠的时候,烧的却是心脏。"她端起桌上的那碗酒,又是一饮而尽,"小和尚,你也来一口吧,这世间唯有酒能抚吾心。"

不待回答,她长叹一口气,微仰着头,似是哽咽了一下:"罢了罢了,我若叫你沾上这情丝,岂不是罪过大了。"说罢又是一碗酒下肚,有水痕自两颊留下。

"施主,喝酒伤身,是为大忌。"小和尚在胸前合掌,一如既往地念叨着同一句话。即便知道她不会听取,他也依然不厌其烦地劝告。

"小和尚,大忌不大忌的,同我无关。我又不信那神佛,亦不信那九天。"她笑得张扬,却有一丝依稀可见的勉强,"小和尚,了断凡尘情非我所求,尔等既求大爱,小爱又何罪之有?"说得激动了,她一撩衣摆,素手握拳,举起了,却未砸下。

似是突然被抽走了气力一般,她塌下肩,睫毛微颤,看着那碗中荡漾的酒纹,不多时,轻轻开口:"小和尚,小爱,何罪之有?"

小和尚没说话。

每次他奉命下山,都是为了见这位奇怪的女施主。她不愿上山,不信神佛,却总给他们一大笔香火钱。她总是坐在这小茶馆里喝上一天的酒,说莫名其妙的话。等到日落西山,她喝完最后一碗酒的时候,他就同她告别,再慢悠悠地走回山上,看络绎不绝来求姻缘的人或无功而返,或心满意足。

这是为什么?小和尚不懂,也不需要懂。

他只需要每日敲敲木鱼、诵经祷告、洒扫庭院,潜心修那大爱,就够了。

桌上那只碗又满上了酒,她眯着眼,不似传闻中酒醉之人该有的神情。

"小和尚,"她沉沉地眨了一下眼,却没看他,"我种了好多玫瑰,但想送的那个人只爱清莲。"她把眸中一闪而过的水光憋回去,嘴边略显僵硬地勾出一抹极小的弧度,"我等了许久,也努力了许久,但是它们还是枯萎了。"

黄昏姗姗来迟,染红了她的眼眶:"小和尚,今天过后,我就不来了。"她端起碗,只是轻轻抿了一口,"我要去给我的花儿们办一场丧事。"不知道为什么,她突然真正地笑了,灿烂得竟胜过那晚霞几分,"小和尚,有空的话偶尔想起我,权当吊唁了吧。"

小和尚有些呆滞,略略思考了一下才明白她话中的意思。

"施主您……以后不来了?"话音未落,面前的女子唇边溢出一丝鲜血,随之而来的是撕心裂肺的咳嗽。他一时失了方寸,有些手足无措,"施主!"他急得直挠那锃亮的头,一时显得有些滑稽,把她逗得弯了弯眼角,但这并不能止住这要了命的病发作。

"施主!都这样了你还笑?"小和尚略有些急恼,眼睛瞪得溜圆,"都和你说了喝酒伤身!你偏不听!"

女子笑得肆意,太阳迟迟不肯落山,金辉落在她身上,像是世界给她最后的温柔。

"小和尚,不要怜悯我,"她笑了笑,唇角还有未干的血迹,"小爱有罪,我罪有应得。"

一直到她走后,小和尚都久久没有动弹。他看着桌上那碗仍满着的酒,鬼使神差地沾了一滴,如临大敌地放入口中,舌尖却传来熟悉的味道,那"酒水"微涩,分明是茶。

小和尚了然,他早该想到的,茶馆哪来的酒够她喝一整天呢。

想到女子临去前最后的话,他摇了摇头,默念了句"阿弥陀佛",才慢慢吞吞地晃回了寺里。他同方丈提及此事时,依稀见那门外有身影一闪而过。

小和尚微微垂眸,心中不免念叨了一句"孽缘"。

夜已至,堂内却还有一道清隽的身影。小和尚未眠,便走上前。

"施主,夜深未眠所为何?"

"花败,人不在。"

"缘何不在?"

"小爱无罪,罪为孽缘。"

"缘何知是孽缘?"

"……不可说。"

缘浅难去九华山,因其扶正缘,去孽缘。

你在云上,我在凡间,这是一场亘久的对峙。

公子,我不去,我认罪。

酒长不了情丝,是我忘不了你。

爱你足够悲伤,但求最后一份体面。

疯骨集

一座琴在海边哀鸣，

闪电击穿乌云的心脏，

雨像血一样喷溅而下，汇成海洋。

你留下的影子，
藏在每一个我路过的地方。

雷是天空在低唱，
震得炉灰一般的夜撒出几颗星。

我还有这样多狂暴又难言的晦涩，
还要等你来一一修葺。

"请你回来，或者带我离开。"

辑一：有关于你

我们永远都不必去明天

> 有人千山万水地跋涉走来，翻过我丢下的所有山堆，迎面去消融我的冬雪。

在图书馆学了一整天，终于打算停下的时候，我才听清耳机里的声音。在那一瞬间，惨白的灯光骤然变成一堵高墙从天而降，寒战如同一条滑腻的蛇，不紧不慢地在我的身上游走，我无路可逃。

非常无厘头，我突然想起很久以前的某天晚上，我和他踩着树叶的影子回家。那天风不大，天气很好，我傻登登地仰着头看月亮，故意拖着重重的脚步，整个人坠在他的袖子上。我问他，看不见的未来真的有要去的必要吗？像我这样的人，肯定会死在路上。

他的脸在背光下看得不太分明，眼睛却像小猫一样亮晶晶的，比月亮还好看。

他说，没事，我们不去就好了。太阳也会死掉，所有的东西都会走到尽头，即便那并不是他们预想好的终点，开心最重要。

我不是一个很冷静理智的人，至少和他比起来不是。

我喜欢大笑，因为一些小的事情手舞足蹈，放大我所能感知到的所有情绪。于是我也喜欢掉眼泪，喜欢缩在角落里发呆，喜欢谈及所有热烈到极致的东西，包括死亡。

我经常去看海，大多数时候穿得很严实。比起去拥抱浪花，我更愿意远观，坐在一块石头上晒太阳、听歌、看海鸟。更多的时候，我会盯着海面的某一个光点出神，像是遥望着自己的墓葬。

无数次我在写文章的时候提到，如果能死在海里最好了。当然，大部分能够用文字抒发感情的人其实都只是图那么一个意象，我也不是很敢于让海水灌入胸腔。

有的时候死亡仅需要切身体会那么一次，活着却宛如被反复凌迟。

给他拍了照片，配文是：海在沙滩上口吐白沫。我从来不在他面前装作正常的样子，我坦然地和他谈及幻想中的无数种死亡与一些不切实际的疯狂。我把我所有的张牙舞爪都放大了给他看，想以此能吓走他，可尝试了那么多次依然未果。他总是笑嘻嘻地陪我一起乱七八糟。

春天是我无力聘请的专家，于是我有着冷漠的病。我不太相信爱情，也不相信永远，有时即便在某一刻真的被他打动，却还是敬而远之，觉得那会是一个恒久的谎言。

我惯常行骗，连自己都不太相信，也更不想相信其他。我害怕有人和我谈论未来，我恨不得一切都能戛然而止，终结在现在。

理智告诉我要警惕所有的温床，我没有力气再爬出另一个深渊了。可是他向我走来，平静地、缓慢地带着能消融些许严寒的春天。

我惊慌失措地按撤回键，他也不恼。他明知道我是个总要赖出老千的庄家，却还是欣然入局。

　　我在无知无觉的寒冬中接到风送来的春花，有人越过千山万水，翻过我丢下的所有山堆，迎面去消融我的冬雪。

　　我不愿意舍弃冬天，然后那人就只在春天带着遍野绿意来。世事的传送带在我没准备好的时候猝不及防地把我推到明天，却还有人一直在我身后等着把我接回来。

　　不属于预想节点的情节突然出现，有一封信不远万里地传递到我手上，我突然就想为了春天再活得久一点。

　　我问他，如果我只在今天爱你呢？

　　他笑着说无所谓，到了明天还会变成今天。

　　我们永远都在今天。

　　我们永远都不必去明天。

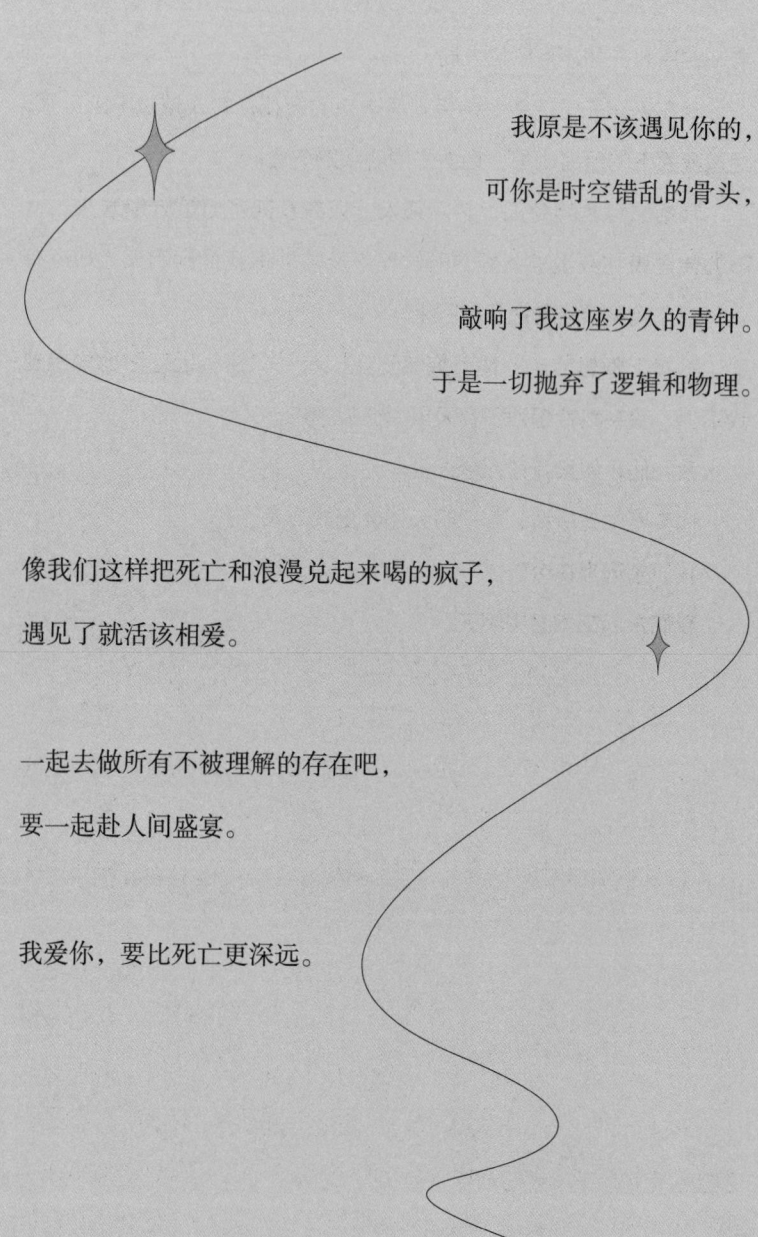

我原是不该遇见你的，

可你是时空错乱的骨头，

敲响了我这座岁久的青钟。

于是一切抛弃了逻辑和物理。

像我们这样把死亡和浪漫兑起来喝的疯子，

遇见了就活该相爱。

一起去做所有不被理解的存在吧，

要一起赴人间盛宴。

我爱你，要比死亡更深远。

辑一：**有关于你**

失温

太阳失去温度，我的眼睛又进入了一个看不到尽头的雨季。

以前一起躺在昏黄灯光边看电影的时候，我曾大言不惭地耻笑过，为何会有人为了某人无望地等待？谁都不可能离了谁就完全活不下去。那时你捧着我的脸问我，如果有天你走了我会怎么办。我说我会忘掉你，会爱上别人。

看着你无奈的笑，后面那半句"所以你不要走"，我终究还是硬撑着没说出口。那天的我不知道原来意外会比明天先来。

你走的那天和任何一天都没什么差别，只是一切在那一刻都褪了色，我看着你成为一个小盒子，不太好看。

大家都在哭，我有点茫然，我好像应该很难过，却一滴眼泪都流不出来。我只是觉得冷、很冷，我迫切地想要回到我们的家里，像无数次那样窝在沙发里开着小灯，让自己回暖。可是好像没什么用。我把自己死死地裹在沙发的毯子里，毯子很软，但我的肢体仍然僵硬。我抽出一只手想去碰灯的开关，距离有点远，于是我只好一点一点地从这头挪过去。

光来了，可还是好冷。我这边的沙发比那边凹陷得更深一点，还稍微大一些，我整个人都可以缩进去。房间空荡荡的，好像突然变成了冷色调。我呆呆地看着黑屏的电视，遥控器又被放在离我很远的地方。

眼泪突然复苏，我却觉得我干旱得几近枯萎。

好冷，裹紧了被子也冷，窝进沙发里也好冷，开了灯也冷，想看电视转移注意力也好冷。没有你的家里，知道你不会回来的家里，原来这么冷。

我好久没哭过了，眼眶里酸涩的感觉甚至叫我有些陌生，我也好久没这么冷过了。感到幸福的那些日子里我被晒干，身上有太阳的气味。然后你走了，被这个冬天掩埋。我们一起堆的那个雪人意外地被别人一脚踢翻，太阳失去温度，我的眼睛又进入了一个看不到尽头的雨季。

我不会再遇见，也不会再允许另一个人撑伞进来接我出去，或者陪我淋雨了。

别担心，我会好好生活，把回忆酿成酒，从此以后，像是在等你一样平静地等待死亡。

很久以前我们在那座桥上挂了锁，说好了要永远在一起。我突然想起来，那时我并不太有安全感，对你仍然警惕，却还是执拗地要你陪我许这种明知无法决定下来的诺言。

"说话算数。"我伸出小拇指。

你摸了摸我的头,然后钩住手指盖章。

"一言为定。"

眼泪又掉下来了,世界变成了黑白色的默片,我站在那块石碑的面前,在看着你的同时硬扯出一抹笑容。

我不敢再回去看那把锁,房间里的灯也逐渐失温。恍惚间好像又听见你在我耳边说:"世界也许不会变得更好,但有我在。"

世界在变得越来越漂亮,我也在努力去看、去爱,可是你却不在。

"骗子。"

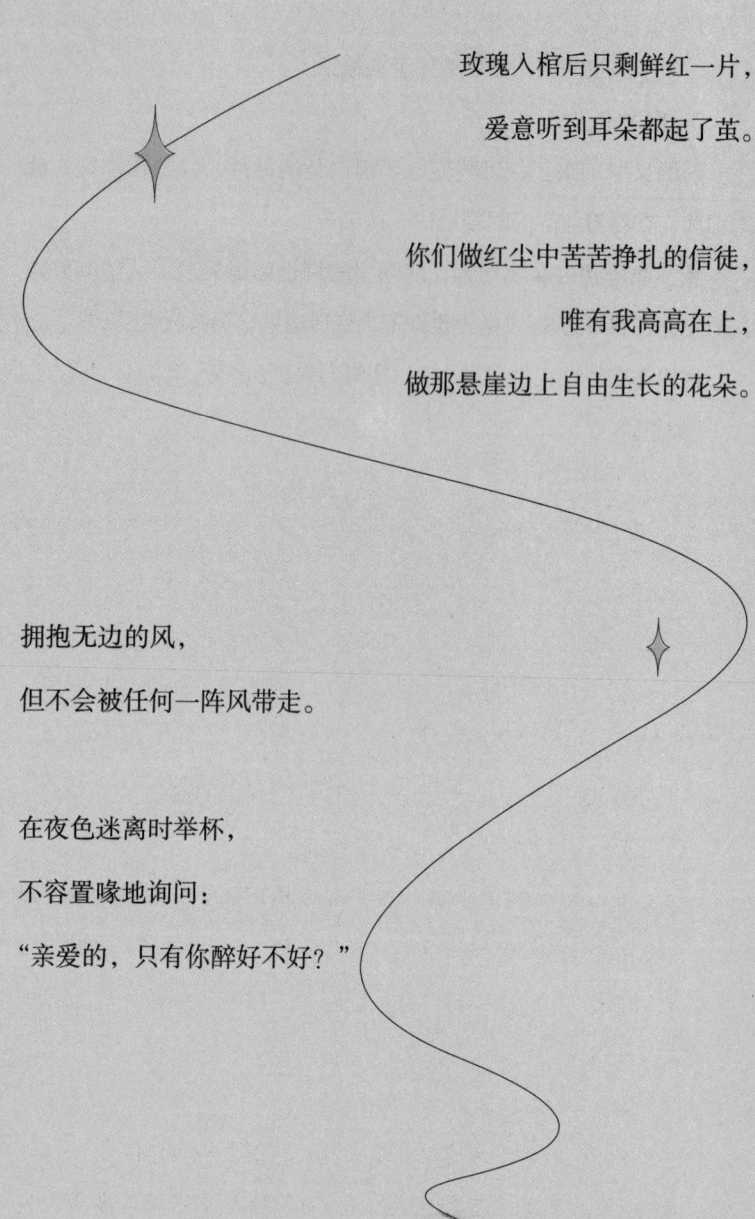

玫瑰入棺后只剩鲜红一片,

爱意听到耳朵都起了茧。

你们做红尘中苦苦挣扎的信徒,

唯有我高高在上,

做那悬崖边上自由生长的花朵。

拥抱无边的风,

但不会被任何一阵风带走。

在夜色迷离时举杯,

不容置喙地询问:

"亲爱的,只有你醉好不好?"

证明题

> 你是一道证明题，我是惴惴不安的考生。

原来失去和遗忘如此简单。换了手机之后，相册会忘记你，便笺会忘记你，连输入法都会忘记你。

我们遇见的那个夏天像退潮一样头也不回地离去，留下的只有岸边死去的或者正在等待死去的海洋生物。

你的面容不再清晰，逐渐成了一种不算写实的剪影，挽留的声音没能从喉咙口逃出，你的身影就这样逐渐在回忆里淡去。年少懵懂的我站在原地动弹不得，我听见身体里有海一样哭泣的声音，张了张嘴想说抱歉，却只说出再见。

我好像总是在错过你。

有一万封羞涩又笃定的信在笔下诞生，而后在寄出时由于各种各样的因素夭折，告白总会搁浅，不会融化的雪落满我的身躯。我在无数个辗转反侧的夜里反复排演过结局，却终究没能为自己选出一条合适的故事线。

暗恋是影子,时间是从正午下山的太阳,高涨的情绪总是在太阳回归山河的刹那泯灭。不敢靠近的脚步,仓皇避开的双眼。因为胆怯没敢停下脚步挥手示意,只敢在擦肩而过之后回头贪恋你的背影。

过去我总在期待遇见一个能勇敢说爱的人。不要像我一样总是遮遮掩掩,却还是期待着爱能被发到自己的手上。后来我才恍然明白爱不是一个人的事,勇敢亦然。

可那些深思熟虑许久的告白,时间并不会等它被拼凑完好后再殷勤地献到那个人面前。等我收拾妥当,含羞抬头,他早已步入人海,独留我抓着好不容易收集好的勇气站在原地愣怔。恍惚间,我被人群带着往不知道哪个方向走去,手中的玻璃罐子也被撞掉,摔碎在路上。

而这一切无人在意。

我空落落地站在街头不知所措,过去被打翻,人群蜂拥而至,爱意七零八落。

世界把每个人都变成封闭的堡垒,变成漂浮的孤岛。我在不知名的角落陷入一个人的爱河,像是对待任何一位过路者一样,想藏好那份热烈,试图显得平常。到头来反倒用力过猛,呈现出一副冷漠淡然、拒人于千里之外的模样。

我从来没有比此刻更加明白我不会再爱上下一个你了。情绪是奢侈品,摆在装饰华丽的柜子里。我攥皱了衣角,倾尽所有也换不来奢侈的只言片语。

若有人问起,我嗫嚅半晌也不过会说,当年为了一座山散尽了所有温柔的月光。所有的情意都随着时间的流逝慢慢堵塞在胸腔里,我再也没有机会和你说上一句喜欢,也不会再有机会每天都找到方法去见你。那些被我藏在自制的巧合和偶遇里的情愫,最终也迷失在过去,寄不到你手里。

  你是一道证明题,我是惴惴不安的考生。我紧张到把所有试卷都攥皱了,也只会嗫嚅开口,借过去时和疑问词来掩饰不安:"我好像爱过你。"

疯骨集

如果我是荒漠中独活的玫瑰,

你的爱就是我终日等待的甘霖。

从不曾告知去留,

可当爱意从你的唇边溢出,

雨点般细密地吻遍我时,

我便觉这天气也阴晴皆宜。

我们要醉生梦死,

我们要爱得淋漓。

我不要你做我的意难平,

"我要你只为我下雨。"

辑一：**有关于你**

请爱我，
连同我世界里漫长的雪

你是一场我甘之如饴的雨，一首我爱不释手的诗。

夏天是敏感肌，

人们心跳如雷、手心冒汗都可以用烈日做掩饰。

顷刻间又下一场雨，

爱是可以借着雨幕遮挡的视线。

星星耗尽毕生去探寻永恒，

最后却死于孤独，落得一个坠落的下场。

它没想到永恒的单位不一定是时间，

爱的期限也并不只有一万年。

我讨厌人头攒动的逼仄，

讨厌潮湿闷热的午后，

讨厌被推到面前必须做出选择的决定。
直到我被命中注定的词条瞄准,
"这个落在我心脏上的红点真可爱。"
我想着,心甘情愿地举手投降。
你是一场我甘之如饴的雨,
一首我爱不释手的诗。

我曾落魄得像是有一列火车从我身上呼啸而过,
你却像我短暂的生命、漫长的幻觉中,
所能触碰到的唯一实体。
像一口浓烈的香烟,
又像一阵清冽的箫音,
惊醒了深陷虚无、随波逐流的溺亡者。
你是我活着的瘾。

想去海边坐坐,饮一些酒,
就着没寄出的旧书信囫囵吞下,
那些陈年的酸涩苦楚终于得以消逝,
快乐终于不会随着时间从指缝流走。
我的晦涩被抚平叠好收放进衣橱,
无常的情绪也终于被安上了阀门,
在你望向我的时候,
我的世界不再是一座空城。

人们都不爱雪,他们歌颂它部分的皎洁,
又嫌恶它底下的污泥。
他们热衷于塑造它的形状,
又惊惧于它的冰凉。
我的爱人,春天太远了,
挑选的良辰吉日也难免落俗。
我们在冬天相爱好不好?
请爱我,连同我世界里漫长的雪。

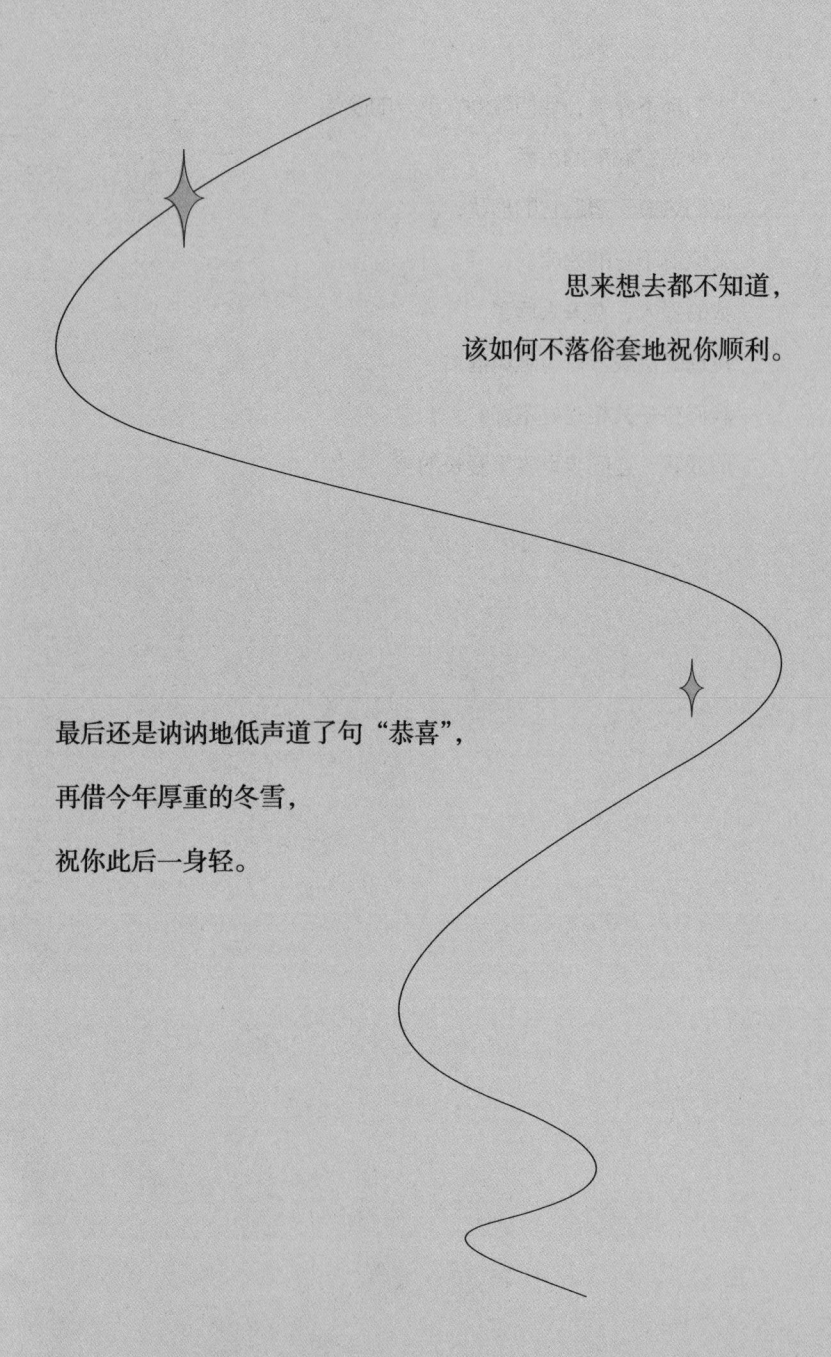

思来想去都不知道,
该如何不落俗套地祝你顺利。

最后还是讷讷地低声道了句"恭喜",
再借今年厚重的冬雪,
祝你此后一身轻。

辑一：**有关于你**

不要哭

要记得幸福，要记得爱。

海浪声忽远忽近。

精神不算太集中，连声音也听得不算分明。火光中他的侧脸明灭可见，那双我吻过无数次的眼睛稍稍低垂。明明没人说话，却好像听得到一阵哽咽。火舌窜动，像是某个遥远部族的祭祀舞，带着诡秘又不容抗拒的意味。

亲爱的，这是一场命运蓄谋已久的分别，而我避无可避，无处可逃。久站的腿有些僵硬，我跟跄了一下，余光看见他的食指条件反射般地抬了一下，却又被理智押送回掌心。

我看见他偷偷咬着嘴唇。

"非走不可吗？明明前几天才答应要陪我去旅行。"

沉默终于被打破，他有点委屈，脸颊鼓鼓的。我没忍住，想伸出手捏一捏，没想到他先把脸凑到了我的手心。

"以后都给你捏，不走了好不好呀……"

小老虎把最柔软的肚皮翻出来，想贿赂眼前这个心狠的人。

感受着指尖传来柔软的触感，我顺势轻轻捏了一下，但很快把手收回背后，无意识地摩挲着。

"只是恰好排上了国外那个专家的号啦，我去看病，然后健健康康地回来陪你出去玩好不……"没说完的话被他的动作打断，他把我背在身后的手捞出来拢在掌心。

他有些刻意地转移话题，语气里却藏着实打实的关心："为什么手又这么凉？我们回去吧，不要一直站在海边吹风了。"

他弯着腰，低头给掌心里呼气，看起来竟是比我还要冷些。那毛茸茸的脑袋投映在我的眼睛里，我拼命地偷偷深呼吸想把眼泪逼回去，却还是撞上了他的眼睛。

"姐姐，不要哭。"他的声音很轻，像是有很多字被碾碎了咽下去，就剩了三个临时拿来救场。

我眨了眨眼，勾起一个笑，假装玩闹般弹了一下他的脑袋，下一秒又有点心疼地把手覆上去揉了揉："才没有呢，是风太大了，眼睛进沙子啦。好啦，我们赶紧回去吧，天色都暗了，我们总不能要浪漫不要命吧。"我笑着打趣。

"要命，什么都没有命重要，姐姐。"他突然抬起头，很认真地说着，"要健康，健康最重要了。过去我没在意，可是认识姐姐以后，我每次许愿的时候都会祈祷健康常驻，甚至大过于对青春的不舍。"

他的眼睛很黑。记得以前在哪里看见人说，黑色是世界上最孤独寒冷的颜色。可是在这样一个傍晚，他背后的夕阳像烟花升到最高处一样盛开，却依旧不如他的眼睛灼热。

"说得好！很有思想觉悟嘛小伙子，不要把浪漫呀、爱呀这样的身外之物放在生命的前面，要知道健康真的来之不易呢……"

我拍拍他，假装无事地背过身往前走，有些欲盖弥彰地哼起了歌。半晌，身后都没什么动静，我的脚步微滞，正想回头看看，身后突然有人跑近的声音，然后我被拥进了一个薄荷味的怀抱里。

背上传来他有力又快速的心跳，他微微喘息着，手臂紧紧地圈在我的身前。

我一时愣住，也就没有挣脱，他的热意渐渐蔓延上我冰冷的躯体，叫我短暂地鲜活了片刻。可惜只是片刻。

他的声音从身后传来，有些闷闷的。我看不见他的表情，但注意到了他手臂上暴起的青筋，意外的是，我没有感觉到被束缚的痛感。

"还回来吗？"

我不知道是哪里出了纰漏，叫他看出了端倪。听这语气，他像是知道了这次手术的成功率微乎其微。但不做手术就连一点转机都没有，我极有可能就要止步于此，无缘再去赴他的约。

我沉默了一会儿，兴许也是我在贪恋他的怀抱，可在我开口之前，他已经抢先一步："我等你回来。"

他把头埋在了我的脖颈上，他的皮肤热腾腾的，又带着点海风般的潮湿。他像小动物一样蹭了蹭我的脸，低声肯定着："我等你回来。"

我突然就失了声，好像有一部分的身体脱离掌控。我的眼眶干涩，心脏却像是泡在海里，某种巨大的难以言喻的悲伤贯穿了我的人生。

他就像是那艘专门营救我的船。

后面的人抱得更紧了,像是一种无声的抵抗。我叹了口气,掰了掰他的手臂,起初能感受到抗拒的力量,但他最终还是妥协地泄了气。我转过头时,看见他无意识地噘着嘴,盯着地面不看我。

"乖啦,如果我没回来,还要拜托你帮我多看看世界呢。"我歪着头去找他的视线,打着安抚的名号又揉了两下他毛茸茸的脑袋。

听到这话的他飞速地抬起头,恶狠狠地看着我,眼睛里却流露出一丝没藏好的仓皇:"不许说这些丧气话。"

他凶巴巴地用食指戳我,明明是命令的语气,却偏偏叫我听出了乞求的意味。

"好嘛好嘛,不是说了不要生气嘛。那就要拜托你给我许几个愿望啦……"

他从来没那么认真地看着我,看着看着,眼眶微微泛红,我好像隐约瞥见了他眸中一闪而过的流星。

要记得幸福,要记得爱,记得开心,记得去成为你想成为的任何样子。

在仪器刺耳的声音中,意识逐渐模糊之前,我最后想到。

希望你以后只掉幸福的眼泪。

我生来并非
任何人的附庸
我是自己
人生中的第一人称

世界是一个巨大的色彩展览馆，

人靠近相似的颜色就会想要融化。

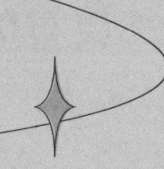

冬天太冷了，

泪水烫得脸颊生疼，

眼角滑下来一条泪痕，

那是大雪封山时的唯一出路。

我想我需要大梦一场，

或者只是一朵春天。

后来，
只有风还记得我爱你

==爱是一个决定而非情绪。==

回头看，除了他的眼睛仍在记忆中熠熠生辉，其余的都记不太清了。

小城里什么都慢吞吞，好像岁月也变得漫长而悠久，风不疾不徐地拂过，天空中有鸟鸣。我能慢慢把爱意酿成酒，好让它在你面前显得郑重。

不知从何而起的爱意转瞬间席卷全身，我向来认为爱是一个决定而非情绪，于是反复思考，演算千百遍，得出的最终答案还是——你。

我像举行某种宣言一样，在内心笃定了我爱你。可日落的匆忙令人来不及多加回味。变快的不只是时间，连记忆的更替都被加速，那个少年清隽的侧脸因为接踵而至的压力变得模糊。就像高中课间趴在桌子上时，脸被衣服的褶皱压出的印记，最终都会消散而去，不复存在。

像是在年少尾句的某个节点起了一场盛大的山火,把我那些抢救不回来的枯枝败叶一把烧尽。火光连天,照亮了我所有阴暗的角落,某一部分的我和那些不堪回首的往事同归于尽,可还没来得及拍手称快,就骤然发现这大火牵连了我珍藏的月亮。连日的焚烧把我折磨得神志不清,火光过盛,双眼一睁开就酸涩得想要流泪,我看不清所有的过往,甚至分不清昼夜。

记忆被反复灼烤,心脏被不断淬炼,我在深渊里恍惚,抬头也未如愿见到你的幻影。后来某一部分死去的我风化成了略显陌生的模样,但仍没放弃长出棱角,只是在用荆棘环绕自己的时候再难培育出丛生的玫瑰。

我内心的某部分气候极端,要么干旱到出现自我欺骗的海市蜃楼,要么被难以抑制的情绪淹没山川。我变得难以长出绿洲,对将来的规划也变成了:"等我死后。"

我忘记了很多,爱的喷泉枯竭,快乐也变成了易耗品。我开始对孤独上瘾,开始害怕被了解、被靠近,我残破的灵魂再也烧不起来,也经受不起一次大火了。

风在人间捡故事的时候偶然拂过余烬,疑惑地读着一片残页上写的半句话,那是过去仅存的痕迹:

"我应该喜欢……"

你。

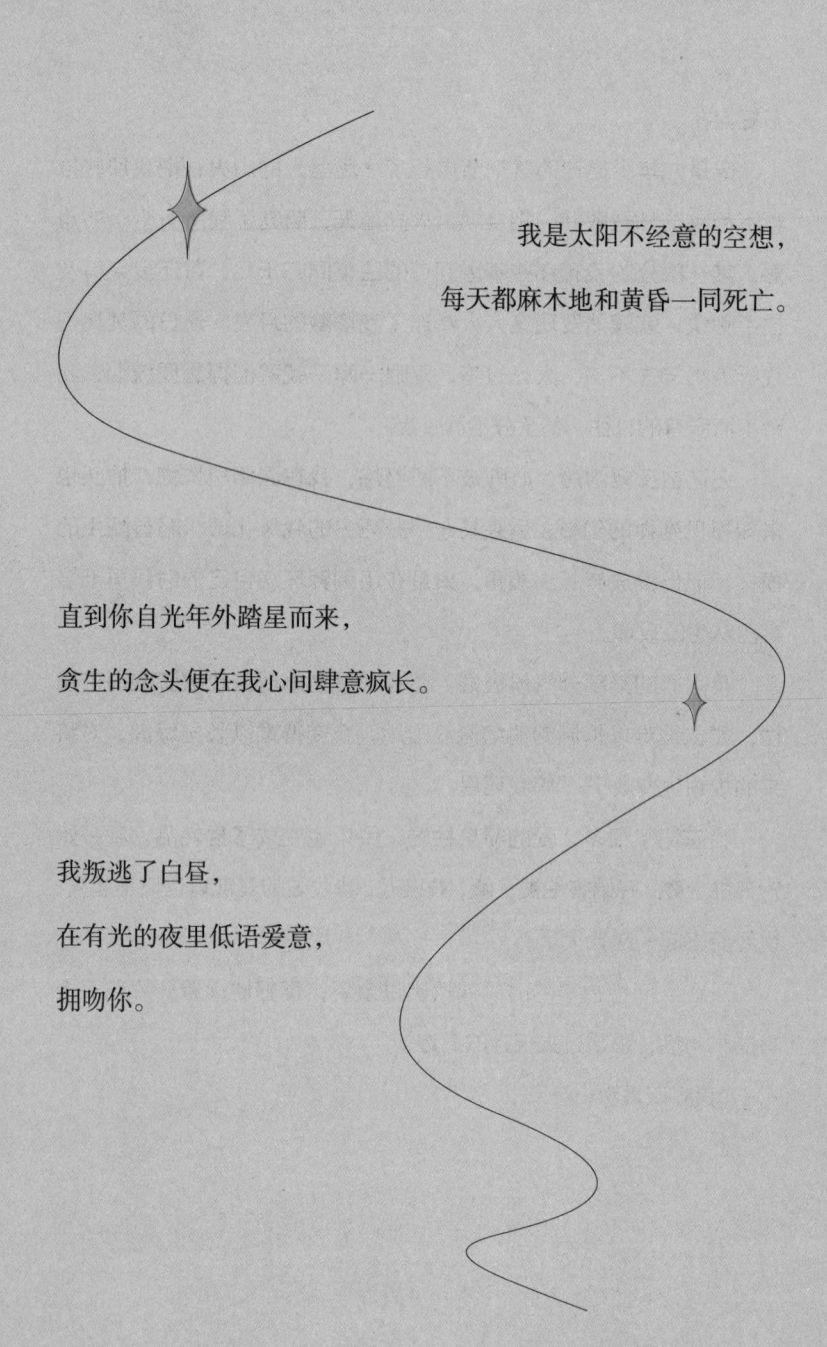

我是太阳不经意的空想，
每天都麻木地和黄昏一同死亡。

直到你自光年外踏星而来，
贪生的念头便在我心间肆意疯长。

我叛逃了白昼，
在有光的夜里低语爱意，
拥吻你。

辑一：**有关于你**

爱上火光
是人类的宿命

我不祈望星星落到地上，我祝你高升，璀璨明亮。

氧气被雾打湿，像溺水时一样争先恐后地钻进我的鼻腔，占领我的肺腑，充满我的眼眶。懦弱的月被乌云关上窗，有一百个本属于我的夏天被流放，只剩了一片寸草不生的蛮荒。

时常不知因为什么就感到疲惫，像是一块热化了又逐渐凝固的糖，一半身体已经融在了床上。拉上床帘好像也不必去考虑天亮天黑，我只是侧过身，就随时会昏睡。

我回不到我的十六岁，地心引力仿佛也随着年岁有所增长，无形的手拉扯着我，于每一次跳跃间将我重重地拉回地上。我翅膀完好，却不会飞翔。

直到我无意间遇见一颗伤痕累累却仍在努力发光的星星，他将我融化，又把我塑好，叫我重新拥有追寻光亮的力量。我突然就好想跟着他一样摆脱重力，不必再回到地上。

那些常被提起的,在别人眼中无望又略显荒唐的爱情,便是去成为一颗星星身后的千万附庸之一,追随一个不可触碰的梦,爱上一颗不能拥有的星。

不需要被理解,只有在爱里的人才会懂,爱上火光是人类的宿命。

星星不需要为我们做什么,只要仍在发光,就好像能点燃我往后岁月的所有晦涩。

星星是引路人,是指南针,只要存在就能让人笃定未来的走向会变好,让我也奋力地奔向我的梦想。

我不祈望星星落到地上,我祝你高升,璀璨明亮。

我只是攥紧了笔,在一个不存在的世界里写下"相遇",写着我对空白的墙偷偷说爱,而你恰好出现。可能人生真的不需要太多的惊喜,只要有过那样一秒,就足够我构建无数个色彩绚丽的梦境。

遇见会流眼泪,不遇见会心碎。人们总说爱是会消解的,但我想,倘若一直很爱你的话,就不会有哪一刻比现在更爱你。我爱你,隔着屏幕,隔着无法跨越的距离,隔着可能经过自己大脑包装的幻境,隔着命运的天堑。我在我自己的世界里,在你面前以一个许多人共同的名字作为掩体,光明正大地爱着你。

我爱你,除了爱什么都不算纯粹。

没有人能共享彼此的明天,我却在追寻星星的脚步,路过无数个留下星轨的昨天。路上翻山越岭、聆听箴言,又如何算不得前进?我坦然地接受自己不可能成为那个唯一。在簇拥的路上被星光惠泽已算幸运,命运轨道错综复杂,沿途危险丛生,还好我有领路的星星。

我远方的爱人,兴许我爱的只是一个根据我的幻想裁剪端正的影子,但那的确是我所见的你。有的星光是不适合私藏的,我也很庆幸,世上不止我一人爱你。

爱不叫我伤悲,不叫我流泪,我清醒地追随,也尽力地给予。祝你不失光亮,永得所爱。

爱你好似爱自己,爱你身上的朝气,以此来驱散我周身的浓雾。

爱你的明媚,它是我前路上的光标。

爱你所有,望你顺遂,望你永安。

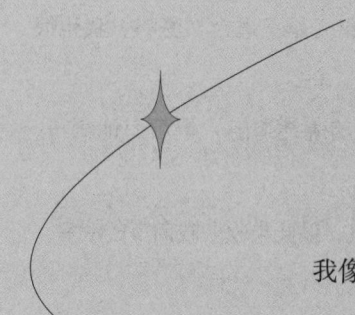

你在我的灵魂上扎根，

要我从生活中汲取养分。

我像跌入虚无却又妄想征服它的狂徒，

把所有的虔诚与信仰双手奉上。

你只轻飘飘地看我一眼，
我便膝行至你的脚下。

任由身体在尘世中枯萎，
以求你半分垂怜。
"我是在虚实间摇摆搁浅的鱼，放过我吧。"

割肉剔骨也好，头破血流也罢，
我要戒掉你。

爱不是我的唯一出路

> 我是来爱你的,但我不是你的装饰品。

强制戒断你一段时间之后,我终于不再抓心挠肝地想念你,不再像是吃了毒菌子一样,所有的思绪都被你占领。

我拒绝被你的名字牵制,我明白你分明没付出几分真心,倒是我,像个手生的赌徒一样,靠着臆想和脑补度日,眼看着就要满盘皆输。

为你挤出的第二十五个小时,因为过度想念你而溢出的第六十一秒,胸腔里为你激烈鼓动的二百五十克的声音,到头来不过是笑话一场,只能赚到零星的两三个掌声。

你的喜怒哀乐是我演出的报幕表,我被困在你的季节里,风吹日晒都无法躲避。

所以,请你不要再以买到特价奢侈品的语气提起我,不要试图衡量或者购买我的心,不要在你的朋友面前炫耀我是多么容易得手。

我是来爱你的,但我不是你的装饰品。

所以我决心逃离。

逃离你的甜言蜜语,逃离你明明没有计划过有我的未来,却还要捆绑住我的现在。

爱不是我的唯一出路。

爱是你站在火光中摇摇欲坠时,

他们迟疑的那一瞬。

我的身体和灵魂却在同一时间奔向你,

义无反顾。

爱是人类
求生的本能

> 怎么会有人接受我的暴雨和狂风，温和地走进我的世界？

"你为什么爱我啊？"

我第一百零六次发出疑问，看着他半跪在我身前给我擦泪。

在光下，他那双浅棕色的眼睛泛着温柔的涟漪，让人安心的意味在里面缓慢地旋转。我的情绪奇异地平缓下来，难过又觉丢人地嘟囔着，像以往无数次那样试着从他这里找到一个确切的答案。

"爱一定需要一个确切的原因吗？"

他笑着歪过头去找我的眼睛，没有像往常一样说出我在他眼里的优点。

很多时候，我其实是一个很有悲剧色彩的人，改不掉容易悲伤的习惯。

在遇见他之前的很长一段时间里，我的生活充斥着一种非常强烈的割裂感。在人群里，我总是像过最后一天一样疯狂又热烈，但一个人的时候却会变得麻木冷漠，只能靠悲伤的痛感把自己禁锢在尘世里，不至于在某一刻突然想要消融在宇宙之间。

我乐观地相信，所有事情都会找到解决方案，即便找不到也没关系，只要努力过就好。

只是我反常地嗜痛，沉溺于被梦境绑架，以此作为麻醉。我写不出明亮的故事，那些美好我只在梦里见过，我被时间推着途经许多四季，却写不出一个我可以走进的春天。

他说过很多次爱我。不同的原因、不同的语气、不同的句式，不变的只有坚定。

有时我也感到惶恐。我连自己都看不太清，怎么会有人愿意跋山涉水、不远万里地来到我身边，接受我的暴雨和狂风，温和地走进我的世界。

他温和地爱着我身上的所有，理解我的悲痛，也能附和我那些无厘头的笑话。我们意外地天生合拍。

直到光照进来的那一刻，我突然意识到，我其实没有那么想要走进黑夜，也没有那么想要躺进海里。原来我也想奔跑着大笑，原来有的花只要一滴水就能重新活过来。人是离不开爱的。

眼睛还泛着泪花，但我笑着问他："会不会累呀？"

他蹙紧了眉，伸手来捏我的脸："怎么，又想说些瞎话啦？"

我想起最开始我还对他的靠近满心防备，惊惧于这又是一场海市蜃楼。我没剩多少爱能被骗走了，于是我防备所有，只是为了存活。可是他还是一次次地拨开我身前的荆棘来到我身边。他牵着我的手，走进了许多个我没见过的春天。

某天，我突然惊醒，泪流满面，他着急忙慌地倒了杯水给我，揽着我,替我擦眼泪。

我泪眼蒙眬地问他:"这一切是真的吗?"

他把我搂得更紧了:"别怕。是真的,我是真的,爱也是真的。"

过去,我总觉得孤独才是解药,所有的一切命中注定不属于我,我始终要一个人走过漫无边际的长夜。在遇见他之后,我才知道,原来爱是不需要刻意学习的,爱是人类求生的本能。

辑一：有关于你

见惯了太多爱情里带着遗憾和伤悲，

或是歇斯底里和自怨自艾，

又或者有人浓情蜜意，许下一生一世的承诺。

我们看惯太多假象，也看淡太多誓言，

最后还是愿意爱完整的彼此。

爱脖颈上的吻痕，爱明眸中的碎光，

也爱彼此的破损，抚慰彼此的伤疤。

亲爱的，哪怕没有生生世世，

我也永远比前一秒更爱你。

疯骨集

在爱里
万岁万万岁

> 在只有我们两个人的国度里,做彼此的国王和臣民吧。

爱情总有保质期,也总是经不起一点点磕碰,轻易就能化成碎片,被碾为尘泥。

我太胆小,总是踟蹰不前,总是因为害怕得不到想要的回应,而不敢明目张胆地说爱。

不如去爱我们相遇的季节。爱夏天,爱橘子汽水来有点黏腻的海风,爱空调配西瓜。最后的最后,再顺便爱一下在这个季节里遇见的你。

如果是在夏天相爱的话,我那炙热到滚烫的爱意就不会显得太突兀了吧。

可我也是矛盾的。费尽心思搭建的舞台和精心编排的戏剧总能获得如潮的掌声,可幕后的兵荒马乱却无人知晓,也无人在意。

我执迷不悟地反复纠结,在别人笃定我温柔文雅时,又克制不住显露出自己恶劣乖张的一面。

如果你看过我故作凶狠的模样、龇牙咧嘴的恐吓，看穿我坚硬外壳下的强作镇定，看懂我眼中流露出的渴望……如果你不怕，如果你敢靠近，你会发现那只是一个藏在怪兽玩偶服里面、渴望糖果却不肯拉下脸来讨要的倔强小孩。

只要给我一张无限次使用的拥抱券和一颗糖，我就会打开门跟你走，或者，让你进来。

欢迎你来到我的国度。

没能躲过连绵不息的春雨，只好为你变成玫瑰。
我要的自始至终都只是不要有太大差价的真心交换而已。
在只有我们两个人的国度里，做彼此的国王和臣民吧。
在爱里，在每一个季节里，都万岁万万岁。

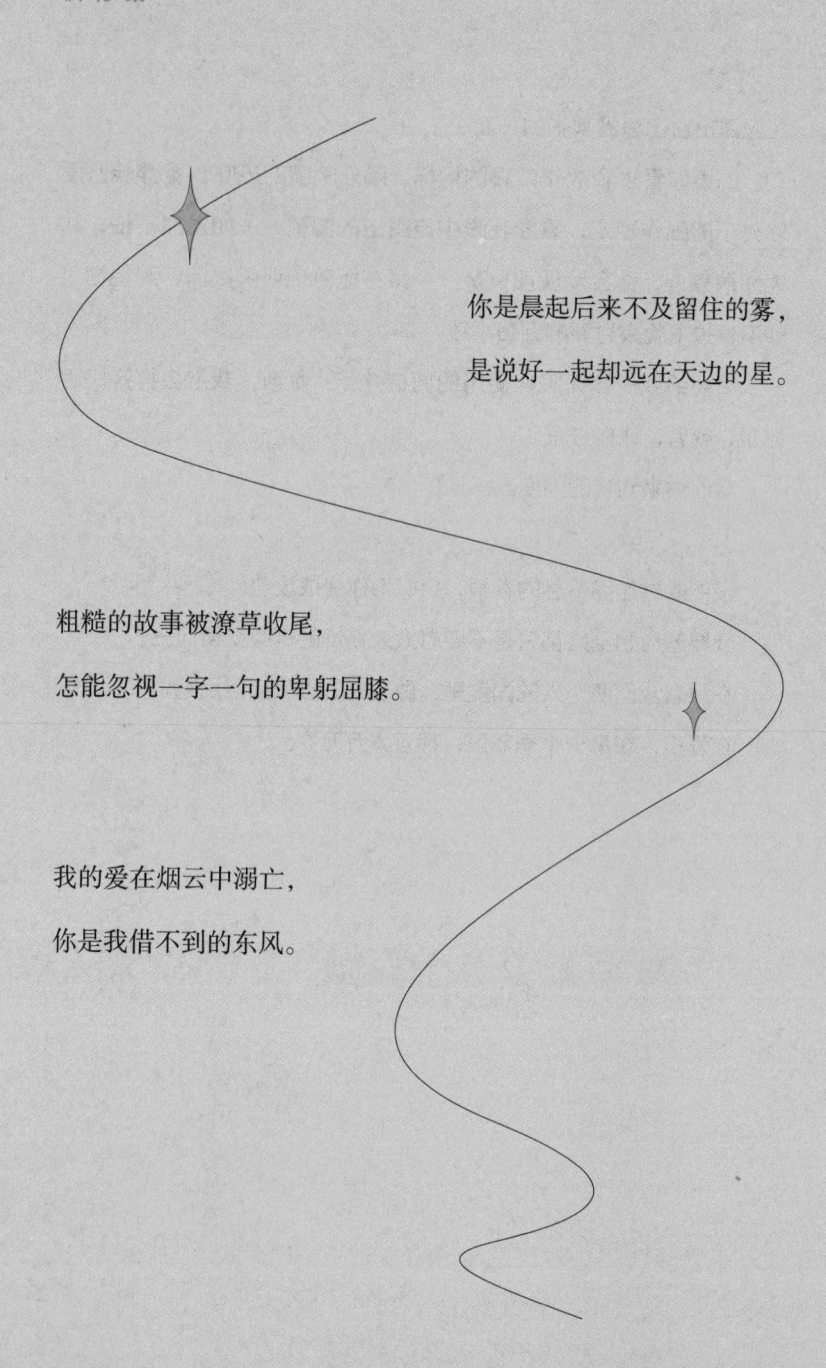

你是晨起后来不及留住的雾,
是说好一起却远在天边的星。

粗糙的故事被潦草收尾,
怎能忽视一字一句的卑躬屈膝。

我的爱在烟云中溺亡,
你是我借不到的东风。

辑一：**有关于你**

暗恋

你有你的航程，我有我的归途。

他们说，暗恋是哑剧，是受委屈，是爱而不得，是按捺不住心动，隐隐作祟。

于我而言，暗恋要更具体些。

暗恋是万千人海中我总能先找到你的后脑勺，是成绩榜上总能一眼看到你的名字，是假装大大咧咧地靠近，是没藏好的心事，以为骗过了所有人，却只骗过了自己。

暗恋是我明知月老并未给我们牵上红线，却还是费尽心思要和你有一分羁绊。

我不是一个很喜欢怀念过去的人，总告诫自己要大步向前走，不能心软，不能回头。可是偶尔想到你，还是想要流眼泪。说不上委屈，也谈不上遗憾，只是我的青春跌宕起伏、荆棘丛生，只有你是那段时日里，我唯一珍藏过的向日葵。

我怯懦又惊恐,害怕亲密却又渴望相拥。可我除了无法宣之于口的喜欢,已把所有仅剩的勇敢,都交付给了你。

可是向日葵没法在夜里存活,我也变成了不那么需要小狐狸的玫瑰。

你有你的航程,我有我的归途。我不遗憾。

就此,不必再会。

我不想再把对你的喜爱藏在小心翼翼的每一句里，

不想再假借月亮的名义说爱你。

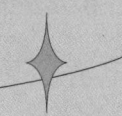

我撕掉全部伪装和遮掩，

要你也尝一尝不知所措和心慌意乱，

要你也神志不清，

要你一寸一寸体会我的贪欲。

神魔都无所谓，只要你在。

"一起坠入情网吧。"

这是告知，而非邀请。

如果你能拥住
油尽灯枯的我

> 我不焐暖自己,恐怕就等不到你了。

冬日趴在狭窄的床上,隐约能听见外面呼啸而过的风。戴上耳机,把声音调到最大,明明听的是安静平缓的民谣,心底却突然掀起了滔天巨浪。

一瞬间,就想起你来。真的只是突然想到你而已。

所有人都夸我阳光、乐观、积极、向上,夸我懂得自愈,夸我可以轻易看透和放下。

我也不是很想这样,有时候也想放任自己被黑暗裹挟,毫无知觉地沉入其中。

可是冬天这么冷,我不焐暖自己,恐怕就等不到你了。

我不是一个很喜欢人群的人。我可以生活在喧闹中,但只有孤独才能助我生长。

我是个怪人,但有时会想到竹外小楼、帘中清欢、稻田谷香、溪水潺潺、冬雪皑皑。

于是便觉得，这世间还是值得几分爱意的。

我把我五分之一的心脏留给你。

五分之三是我的亲人们，五分之一是这不太可爱的人间，剩下的五分之一留给你，也算多了。

我不会爱你爱得不顾性命，不会爱得奋不顾身。

希望你理解，我们的羁绊太多了，没有人能只为谁而活。

但是如果你能来，能穿过风雪，拥抱住快要油尽灯枯的我，亲爱的，我会予你世间最高的礼遇——

至死不渝的爱情。

我以人世间最平凡、又最难得的爱情向你发出邀请。

望君如期而至。

早起的这些天少有梦境,

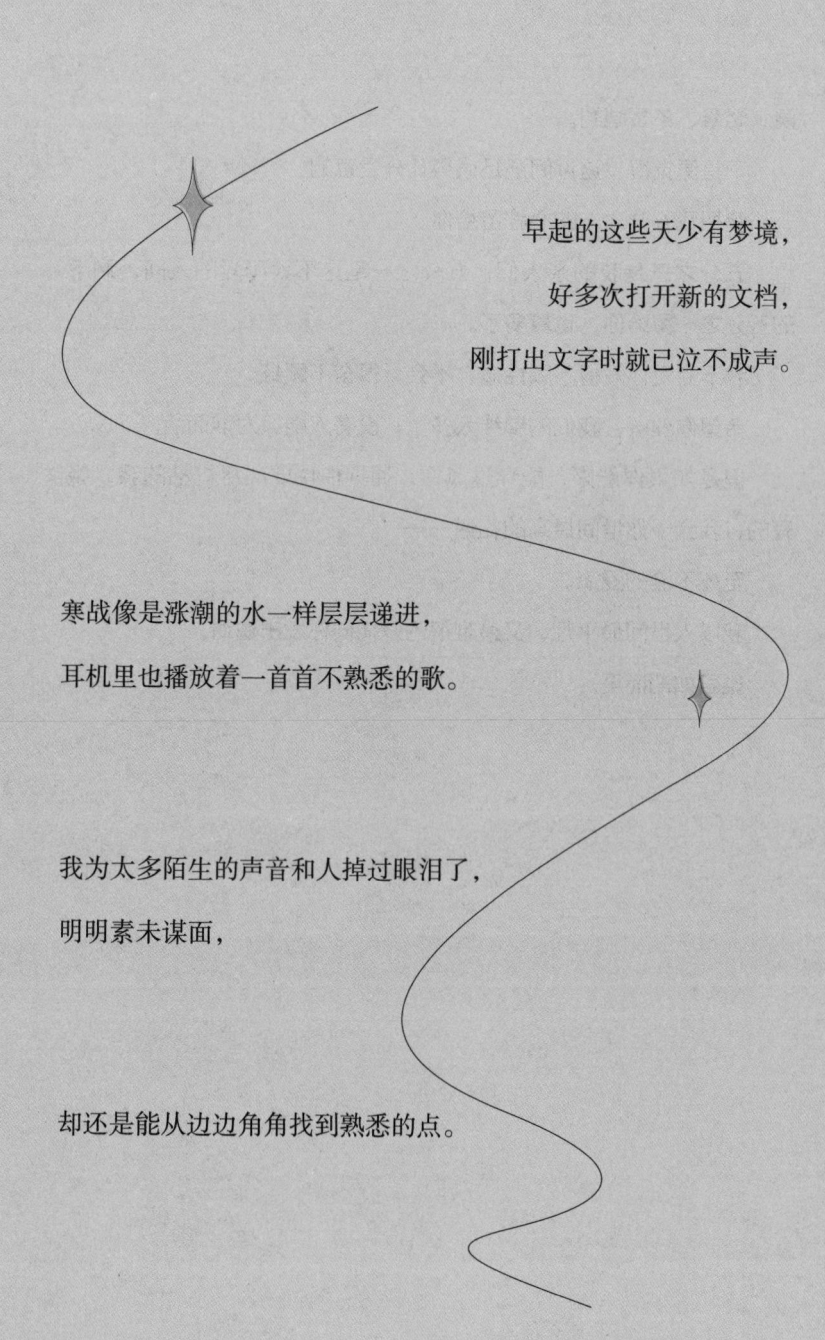

好多次打开新的文档,

刚打出文字时就已泣不成声。

寒战像是涨潮的水一样层层递进,

耳机里也播放着一首首不熟悉的歌。

我为太多陌生的声音和人掉过眼泪了,

明明素未谋面,

却还是能从边边角角找到熟悉的点。

我喜欢过你，月亮知道

> 先生，我早已不再执着那座山。

先生：

　　展信安。

　　南方夏日的白昼，热情得总让人喘不过气，哪怕有时下了一阵雨，也总透着让人筋疲力尽的感觉。

　　太阳肆虐一天，只有傍晚的云是回馈给我们的慰问礼，让被晒得萎靡的人们忘却白日灼烧的痛苦，大声地赞美天气。

　　到了夜晚，三两盏路灯错落地亮着，忘我的飞虫隔着不可能穿透的灯罩扑去，一次又一次，至死不渝。

　　先生，我不戴眼镜看月亮，就总能望见圆月。

　　人生漫漫，但上天必然早就安排好了每个人的剧本，只等着我们自己走完这趟旅程，诵读完自己的一生。

　　我并不确定命运是否给每个人都安排了爱情，但至少我是真的很喜欢你。

　　书上总说，喜欢就要大声说出来，就要在一起。可我不是爱情里的常胜将军，我只是一个做什么都要权衡利弊的守城人，反复推算未知的结局。因为我并没有承担风险的能力。哪怕到了夜晚，名为"喜欢"的叛军溜到我面前试图策反，我难以抑制的心动也会在天光乍亮的时候偃旗息鼓。

　　可是先生，我并不是没有给你通关文牒。尽管我推演的所有未来让我并不期待我们能在一起，但倘若你能来直白地敲门，我还是会放下那些顾虑和你私奔，哪怕只为一时温存。

　　人生不就是这样，按部就班的日子过多了，总得做一两件离经叛道、不计后果的事才好。

　　但你是只能拥抱却抓不住的风，即便不止一次地吹拂过我的原野，也不会为我停留。

　　先生，我并不后悔没有把喜欢明晃晃地摆出来给你看。不是每件事情都要有结果，也不是每个故事都会有结局。喜欢不一定要在一起，甚至我都不想告诉你。我没有办法负得起画下句号的责任，就不去期待结局。

　　先生，对我来说，我们不在一起，才是上上签。山野烂漫，百川归海，我们兴许还会有交集，只是在规划前路的时候，都没有把彼此放进自己的未来。那些炙热的喜欢和没藏好的小心思，那些一笔一画写下的暗恋日记，那些想证明我们般配而去四处翻看的星座运势，那些被我藏在大大咧咧外表下的羞涩和看了你千万遍的余光，只有月亮知道。

　　先生，我总是冷静得有些冷酷，摁灭心火时烫伤手也不在意，我不想再被外来的伤害折磨了。

先生，一个人的喜欢要轻松自在许多，尤其是在我还没能力许诺什么、保证什么的时候。尽管他们都说你那时也对我动过心，只是我们都没有开口，这个故事的作者终究只能是佚名。

先生，过去喜欢你的我和可能喜欢我的你都特别美好。我们之间不需要告别，喜欢不在了，友谊还能勉强长存。想告诉你，现在的我很好，希望你也是。

山遥路远，春去秋来，天上挂着的早已不是当年的月亮，我也早已不再执着于那座山。

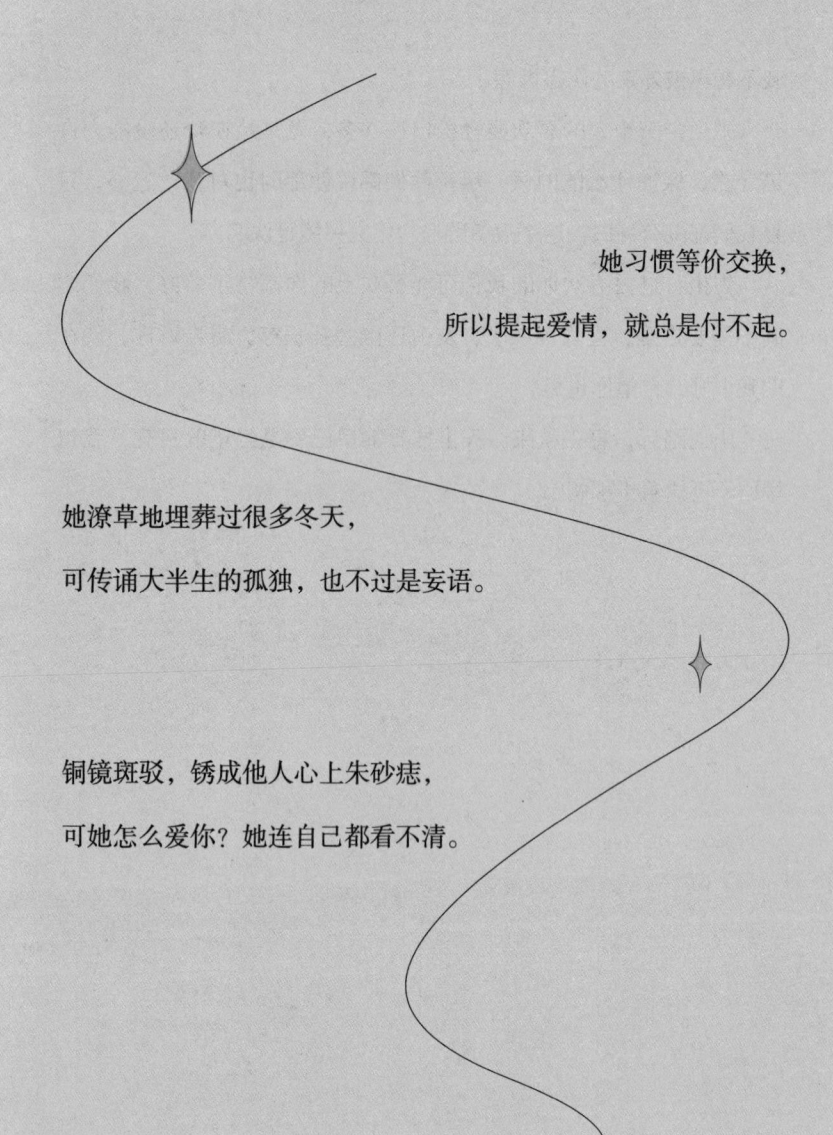

疯骨集

　　　　　　　　　她习惯等价交换，
　　　　　　所以提起爱情，就总是付不起。

她潦草地埋葬过很多冬天，
可传诵大半生的孤独，也不过是妄语。

铜镜斑驳，锈成他人心上朱砂痣，
可她怎么爱你？她连自己都看不清。

句号

> 我们相爱过,坦然地接受分开,也算是一起画上了句号。

许愿池里的每一个硬币都代表着一份遗憾。

想起你的时候,我还是能隐约在记忆深处听见古寺青钟的回声,恍惚间看见你站在系满红绸的老树下笑意盈盈地看着我,想起我们手忙脚乱、翻遍全身才勉强摸出来的那枚硬币。它兴许是觉得两个人的愿望太沉重了,没能落在龟背上,反而直直地往下坠,一直沉到了看不清的池底。

不算是好兆头。

好像全世界都笃定你我不合适,我们却非要强求那么一遭试试。明明在一起之前就心照不宣最后会分开,但为什么即便是意料之中,还是会难过好久。

我们是无法契合的齿轮,又像是对冲的流星,改变自己某一段的轨道,只是为了遇见,哪怕只有刹那。我们猛烈地、惨痛地拥抱和相爱，我们绑架了夏天，没有辜负任何一朵因为对方而盛开的玫瑰。

我们曾郑重但简短地相爱。

爱情其实从来不算纯粹，它往往需要很多的附加条件，需要方方面面的吻合，可是相爱只需要两颗靠近的心。

我时常会想起你，继而想念你，那些相爱时的细节也时常趁我不备跑出来遛弯，于是我总在很多地方看见你的影子。

有时我也暗暗唾弃这样的怀念。我讨厌做无用功，而今这当中又要再添上一项名为"想你"的事项，可想念是脱缰的野马，我不受控地想到和你飞驰在草原上畅快的笑声，好不争气。

前些日子听见你打听我的近况，像是扳回一城似的，我莫名地扬眉吐气了一番。可是我们都很明白，即便强求的过程美好，结果终究不遂人意。那些令看客遗憾的故事戛然而止，只有我们知道此路的的确确不通。

生活终究不如剧本那般能肆意修改，我们没有更多的十余年同对方继续纠缠。某天听歌的时候我突然想到，其实"爱过"的意思就是——即便分开了很多年，还要不停地解释"我们分开了"给别人和自己听。

因为真的很爱过，所以我们只能再也不见。

或许心有不甘，但也不算太过遗憾。

朋友小心翼翼地提起，眼下的关系会不会太过可惜？明明在相爱之前，我们也曾有过温暖的当年。

我们都不是喜欢后悔的人，我们也唯独在这一点上最为契合。

我们都不爱玩暧昧拉扯的游戏，我们都更相信宣之于口胜过埋藏在心。

这世界上爱而不得、被爱而不自知的人太多了,既然能够相爱,我们都愿意为对方在人生中添一笔,不留遗憾,哪怕结果无法释怀。

所有的事情都会有终点,我们相爱过,也坦然地接受分开,怎么不算是一起画过句号?尽管现实与想象隔了千山万水,即便我们在无数个双手合十之间许下过未来,到最后也必须承认——对方是自己遥望多年,却仍然翻越不过的那座山。

我用什么才能留住你？

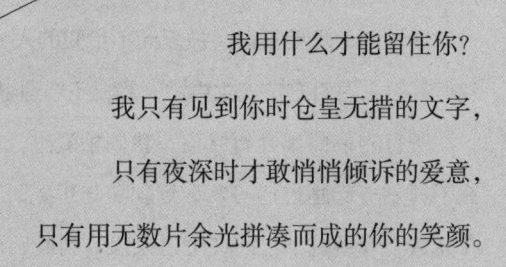

我只有见到你时仓皇无措的文字，

只有夜深时才敢悄悄倾诉的爱意，

只有用无数片余光拼凑而成的你的笑颜。

我只能给你控制不了的烈火，

给你隐秘晦涩的比喻，

给你我叛逃路上折下的柳枝，

给你我仅存的浪漫。

我给你一个逃兵的忠诚，

一个胆怯者剖心的气力。

辑一：有关于你

请别只爱我的光鲜

爱我的美好连同破碎。

众人皆爱圆镜，爱满月，爱所求能有所得，爱光鲜亮丽，爱百般色彩。

可我生而破碎得七零八落，表达爱的时候总是词不达意、遮遮掩掩。

唯有你，我孤注一掷地给予爱情。

遇见你时，我努力藏好那些不堪和痛苦，挤出一抹自认为好看的笑容，把自己私藏在心底的罐子扒拉出来，掏出里面积攒了许久的快乐和美好，摊开给你看。

你别笑我嘴角僵硬，也别嫌它们陈旧，这已经是我珍藏许久、赖以生存的全部宝藏。

我明知道你喜欢的是我的光鲜亮丽，是我展现给世界看的漂亮样子，却还是忍不住要再靠近你一些，假装不经意地把真实的自己展示给你看。

我自然可以一直瞒着你。我受到的欺骗太多了,也学会了用谎言去掩饰真实的自己。只是我终究不忍心把你也骗过去。

是否只有那些不切实际的幻想才适合当月亮?

我在夜晚无数次许愿,让你爱我,爱我的美好和光鲜,爱我的破碎及伤疤。

我内心是无人踏足的荒漠,而你是从天而降的玫瑰。

我拼了命地用幻象把你留住,可是不够真诚的爱会枯萎,我舍不得。

别只爱我的光鲜好不好?当我把海市蜃楼撕开,给你看最真实的我时,你可不可以还夸我漂亮?

我的爱并不比别人多些什么，

并不如小说中那样之死靡它。

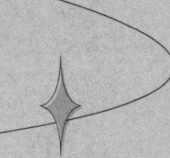

我的爱也只是世界万千人中渺小的一份罢了，

它普通且庸俗，常见又朴素。

只是在遇见你的时候，

它才金碧辉煌。

肆意撒娇

> 在你没来的日子里,我日复一日地坐在黄昏的身边,念着某个在无月之夜中反复重生的痛,写着一些在垃圾桶里死掉的诗。

现在即便不开心也找不到人去诉说。

身边不是没有能让我愿意开口的人,只是大家过得都不算轻松,我不应该把自己的坏情绪传给他们。

于是我只能把不开心慢慢堆积在心里,在夜深人静的时候才能缓缓吐出一口浊气,感觉自己的生活又被那些细微的不开心腐蚀了几分。

你不知道,不开心时我没想找人抱怨,只是想适当地撒娇,想在心情不好的时候能去讨一个拥抱。

但是现在,好像任性也是一种陋习了。

习惯了在家里做爸爸不在时的"顶梁柱",习惯了表现得独立自主,好像一个人就能过得很好,习惯了去安慰别人,习惯了接受那些其实并不太想要的"你真懂事"式的夸奖……

即便如此，我还是想奢求一份证明有人在身边的拥抱。

之前情绪有点崩溃的时候，复盘过一次我经历过的痛苦，记得当时有人说：希望时间抚平你的伤痛。

诚然，我很感谢这样的祝福，可当我仔细地回过头去看那些过往，我才恍然明白：那些痛苦或许让人难以忘怀，但不可否认的是，我也的确在那些挫折中一次一次地爬起来，一步一步地朝自己喜欢的样子坚定地行军。

你说，时间会抚平我的伤痛吗？

时间抚平的，是否包括所有痛苦的褶皱和坚实的棱角？

那还是算了吧，如果被抚平的代价是连那些棱角一并抹去，变成世俗认可的、童话故事般令人向往的、机械化的美好人生，那还是算了吧。

就这样保留那些痛苦吧。

那些挫折把我打散，但我最终令自己重组。

如此一来，是有痛苦的因，才有我现在的果。

认可那些痛苦带来的成就，也就能够直视曾经跌到泥潭里的自己。

我还是很喜欢过往十八年的人生，我还是期待你。

期待能让我肆意撒娇的你。

世人万千是为遍天繁星，只有你是月亮。

他们轻视影子对太阳的爱意，

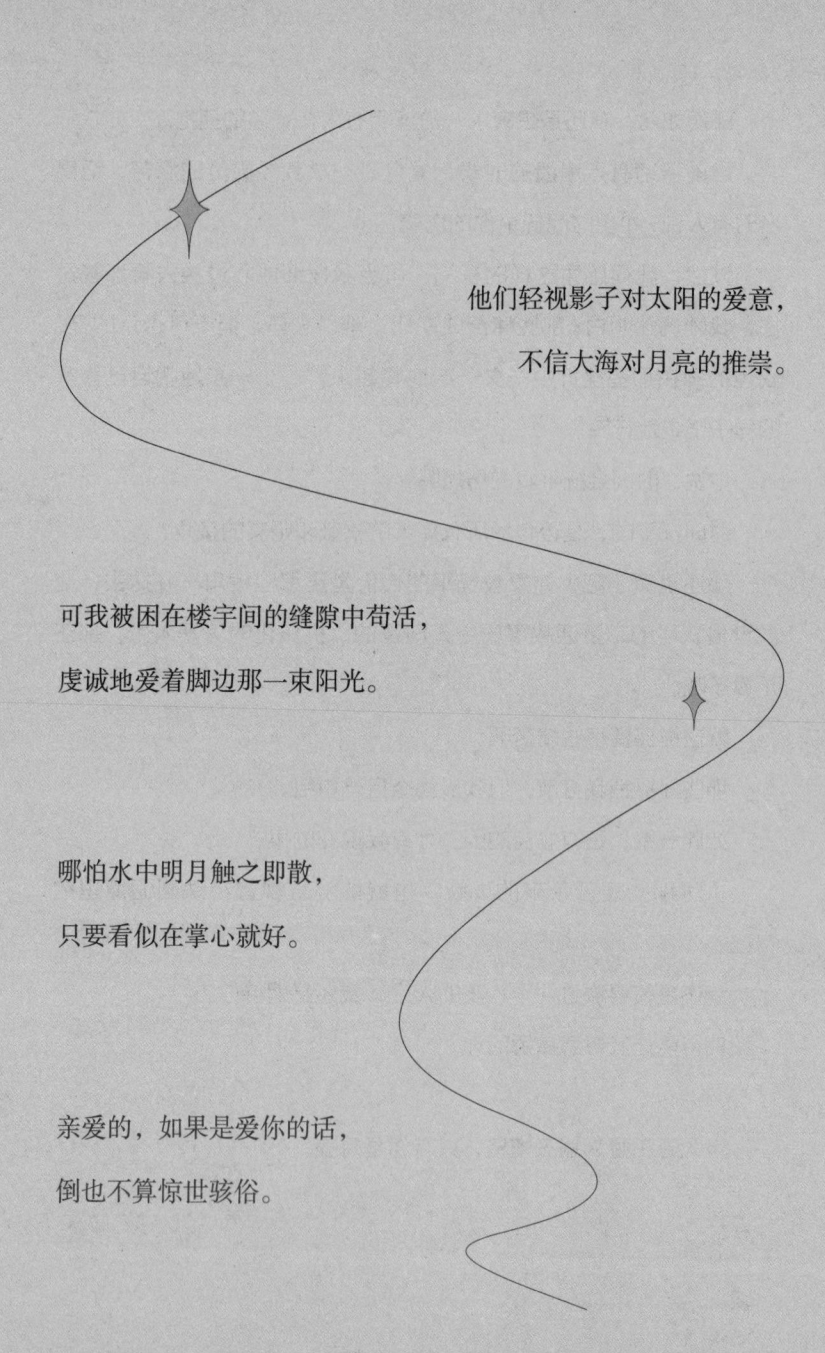

不信大海对月亮的推崇。

可我被困在楼宇间的缝隙中苟活，

虔诚地爱着脚边那一束阳光。

哪怕水中明月触之即散，

只要看似在掌心就好。

亲爱的，如果是爱你的话，

倒也不算惊世骇俗。

还是爱了你很多年

> 等到凌晨,天空沉缓地掀起眼皮时,我再悄悄爱你。

梦总是遂人心意的,不然我怎么会梦到你。

梦到我明目张胆地宣泄爱意,梦到我敢站在你面前,大声地说爱你。

可是天亮了,那些自己臆想出来的美好在一声闹铃中,碎掉了。

我很不开心,更难过的是甚至找不到人索赔。

面对喜欢的,我很胆小,遇到一点点困难就会红着眼睛逃跑,然后幻想一出伤心欲绝的年度大戏,终究只是感动了自己。

但是我还是爱了你这么多年。

你是海面上的第二座孤岛,是我撕碎了又费尽心思拼好的画。

喜欢你,是我在寡淡的人生中,唯一勇敢去做的事情。

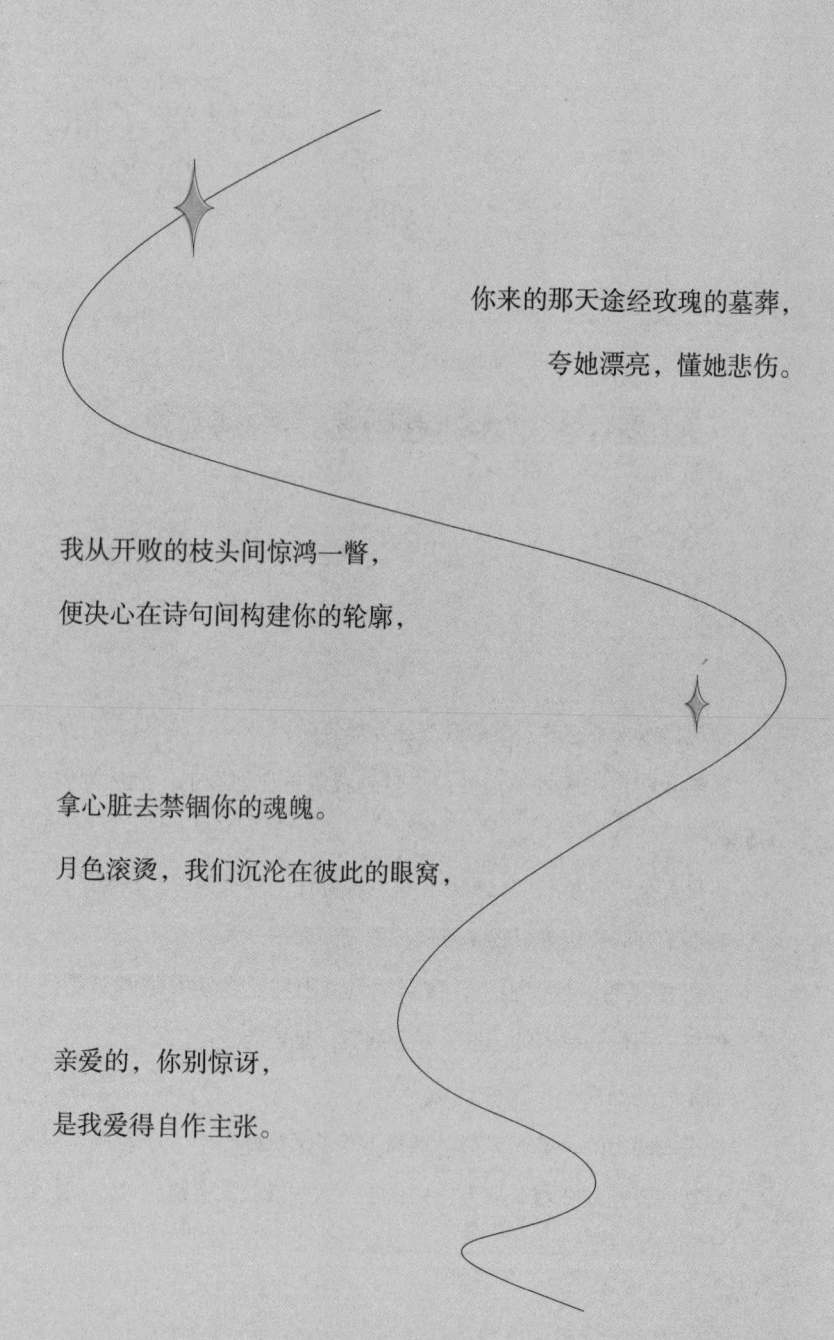

疯骨集

你来的那天途经玫瑰的墓葬,
夸她漂亮,懂她悲伤。

我从开败的枝头间惊鸿一瞥,
便决心在诗句间构建你的轮廓,

拿心脏去禁锢你的魂魄。
月色滚烫,我们沉沦在彼此的眼窝,

亲爱的,你别惊讶,
是我爱得自作主张。

忍不住说爱你

> 我的一生之中有四份浪漫。

我喜欢一个人的时候，像是离不了的手机只剩下几格电。

一点一点紧巴巴的，想不管不顾地倾泻，却又隐忍着逼自己克制。

我向来不太喜欢感叹号。

哪怕我的喜欢非常浓烈，在某一瞬炽热得让人眼眶一酸，也终究会归于平淡，终究会像无波无澜的湖面，连春风也吹不起一丝一毫的水波。

我克制自己，逼自己冷静，迫使自己去权衡再三，最后得出该不该爱你的结论。

激昂的情绪容易消散，天空中炸开的绚烂烟花终究会消失不见。而我平静地爱着你，像是熬了许久越发醇香的老汤，厚实而熨帖。想要和你圆满，想要和你去找一个未来。

句号才是我的浪漫。

我没有全力奔向一个人的勇气。

我慢慢爱你,你慢慢回应。我们路上见。

文人的心脏是由脆弱、敏感、浪漫、坚韧组成的。我爱你的时候,嘴巴会变笨,思绪会变迟缓,动笔的手也会不知所措。

我的一生之中有四份浪漫,一份是对所有事物的浪漫,一份亲情,一份友情。

最后一份,是爱你。

天性使我压抑欲望,但还是忍不住想说爱你。

辑一：**有关于你**

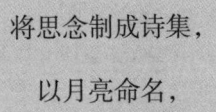

将思念制成诗集，

以月亮命名，

我的爱与心跳齐频。

相约去看星海，待万物苏醒。

我把玫瑰藏在太阳里，

把黑夜埋进身体，

把爱恋拌进风里，

代我见你。

情书

> 这样我便算靠岸了。

见字如面。

草原、雪山、旷野是什么样的？

应该会有比展柜里的珠宝还耀眼的阳光在草中溪间跳跃，深蓝色天空像质感极好的丝绒面料，远处的雪山仿佛跳出了时间和季节的桎梏……

只是这般想想，好像就能感觉到永恒。

相隔千里，我对你的思念只能靠这些想象聊以慰藉。思念不远万里去往祖国的西北，穿过朔月下云满西山的胡杨林，越过牧马旁草绿的草原，拂拭粼粼月色的孔雀河，最终抵达你的手心。

如此思量，似乎思念就不显得那般苦涩。

距离无法阻拦爱意奔腾，在我们相见恨晚时，在我们心意相通时，我就听见命运在内心深处吹响了一声震耳欲聋的号角：

> 去奔赴一场以甜美为基调的战争
>
> 无畏途中的艰险和阻碍
>
> 因为你是我的军旗

世人常说爱情里总会有输赢,可我们并非如此。

我们是彼此对弈的赢家,没有谁一定是输的那方。我们忠于肩上的使命和责任,也永远对彼此交付自己最郑重的爱意和忠诚。

我始终忘不掉初见时你一身戎装,就这样携着万千色彩闯进我的心里。你的眼神如戈壁风沙中的皎洁明月,身姿可比雪山峭壁上的不倒松。我渴望和你比肩,与你在盛世中同行。到那时,我便要向你敬一个军礼,再把手嵌进你的手里,扑入你的怀中。这样我便算靠岸了。

有时我总觉得你是天上月,遥不可及,耀眼得叫人向往。

我期待见面的那一天,期待你成为我眼前人的那天。

我会努力变得更好,去拥抱我的月亮。

到时候要记得夸我漂亮。

请捡一片被风偶然吹落的白杨树叶给我吧,我想抚摸它独一无二的叶脉,就像我想了解你一样。

想念你的时候,我总爱哼着歌。所以不必担心我,难挨的时候我也会一路高歌,蹚过刀山火海与你相拥同行。

祝我们保存的记忆里全是艳阳天。

祝我们永远都在拥抱胜利,无论是大爱还是小爱。

祝我们一起奔赴自己向往的路途,彼此都要变成更闪耀的自己。

我们终会在彼此的顶峰相遇。

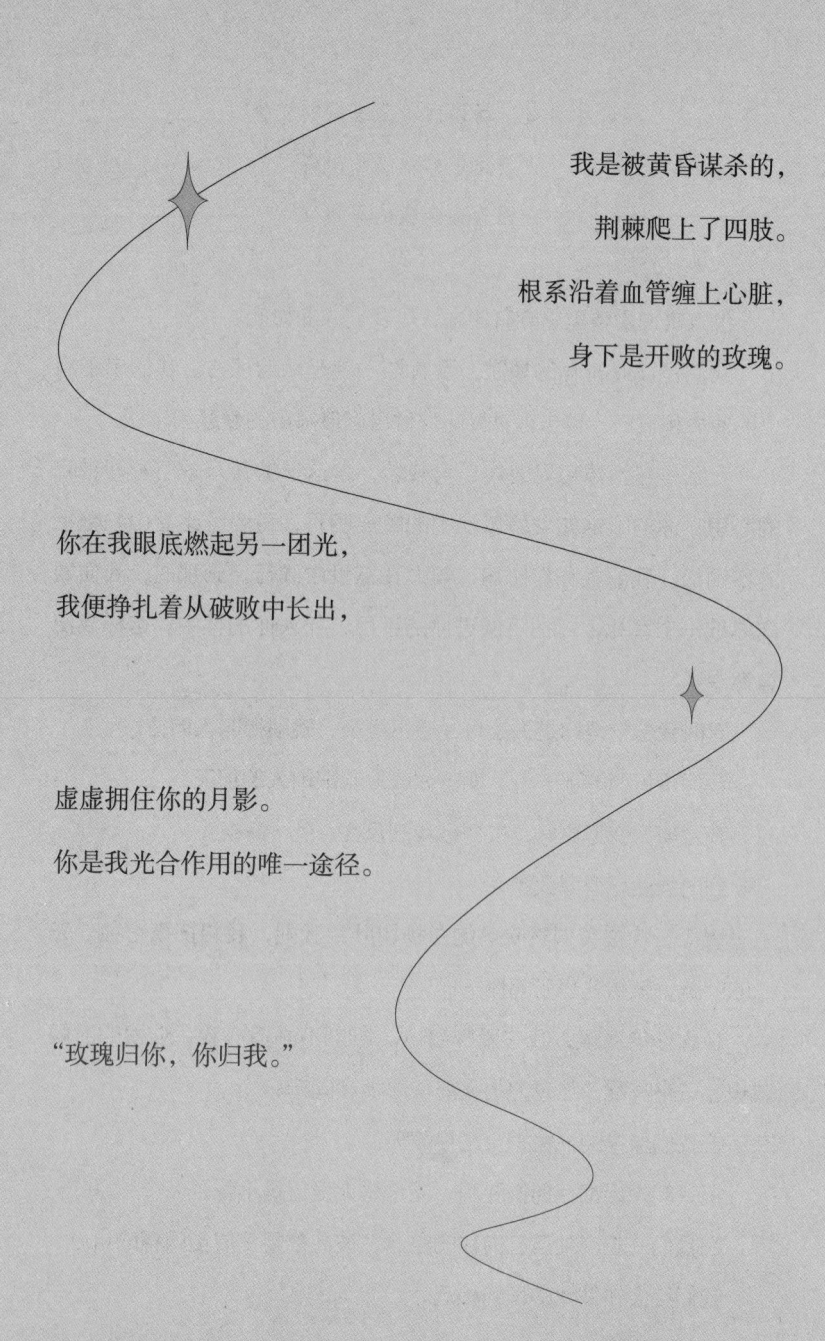

　　　　　　　　　　　　我是被黄昏谋杀的，
　　　　　　　　　　　　　荆棘爬上了四肢。
　　　　　　　　　　　　根系沿着血管缠上心脏，
　　　　　　　　　　　　　身下是开败的玫瑰。

你在我眼底燃起另一团光，
我便挣扎着从破败中长出，

虚虚拥住你的月影。
你是我光合作用的唯一途径。

"玫瑰归你，你归我。"

辑一：**有关于你**

我不做
爱的囚徒

不是玫瑰你也喜欢吗？

卷一纸烟草点燃，燃成黄昏的模样。

秋天藏在我的房间里，风一吹，孤独就层层叠叠地落了一地。

我心中乐观与悲恸并存。

友人写新年祝词时提到"万物更新，旧疾当愈"，我不置可否。

旧疾确实当愈，只是经不起突如其来的回忆。

如何能同过去和解？不能和解，不能提及。

但破败的花园终有一日会迎来新生。

关于爱你这件事，也是如此。

我不做爱的囚徒，没人能逼我的灵魂臣服。

爱上你的时候，我愿意从那堆破败的枯枝和疯长的荆棘间，寻到那枝唯一存活的花给你，这已是我能给予你的最高礼遇。

你会喜欢吗？哪怕不是玫瑰。

我的过往确实难以放下，也难以释怀。

我不需要任何人懂得，任何人怜惜。

每个人的痛苦都是不一样的。

即便曾深陷污泥，我的灵魂也始终熠熠发光，生生不息。

所以如果你听过我的自白，我不希望你懂得那些痛苦，我只想你说：我不懂，但我在。

下次一起看雪好吗？看月亮都瘫软，我会在那片洁白里说爱你，纯粹而坦荡。

我自愿投于红尘凡世，

知晓人间百态、喜怒哀乐。

仍欣然前往，

便不必期望任何一种信仰替我赎身。

疯骨集

人生就是无数次的
死去和复活

若有来世，可还愿再入一次人间？

　　一个人的时候的确自由。

　　无所束缚，自由自在，像任何一阵风随意地路过一切。无论喜怒哀乐，他人都像画中人，无一能拨动我心弦。可那也只是像风一样罢了。

　　我终究无可避免地站在这人间的土地上，同亿万人一样，在无垠的时间里翻滚摸索，怀抱着所剩无几的疯骨，寻一个留下痕迹的机会。

　　还未曾有人邀我入画，我是一条不断搁浅的金鱼。

　　前两秒用来歌颂诗和远方，最后一秒用来举办无人出席的葬礼。

　　人生就是无数次死去和复活。

　　我们的人生路上有几个人走得到梦想的尽头？这路上有多少盏没能一直亮着的灯？那片荒野上埋着的又是谁的新坟？

我想走到底,去看看那个时候的自己。

吾心向琼楼,既已身在低谷,又何恐跌落。

我也遇见过温暖的时候,像是灰败的故事里鲜艳的柑橘色调晕染了天际。

若天空是眼白,那此刻世界已然红了眼眶。

如果有来世,你想做什么?

做青山,做流水,做烟雨,做云雀,做万物,还是再次为人?

我不知道。

来世的事还是待到来世再说吧。

只是别再做今生的我就好。

我爱你，隔着屏幕，

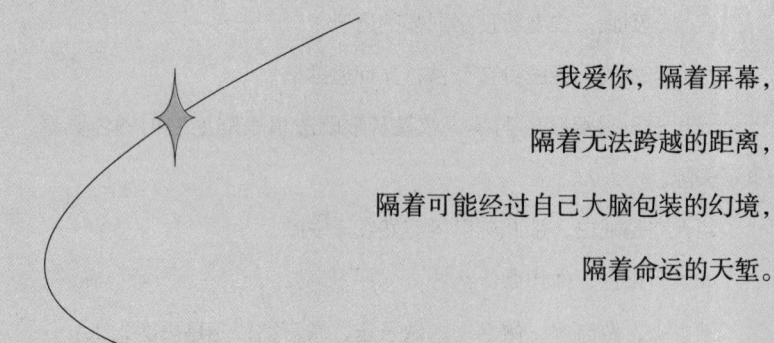

隔着无法跨越的距离，

隔着可能经过自己大脑包装的幻境，

隔着命运的天堑。

我在我自己的世界里，

以一个与许多人共同的名字作为掩体，

热烈地爱着你。

我爱你，我爱你身上每一个似我非我的自己，

爱你的峥嵘，爱你的破碎，

爱你见过我未曾抵达过的每一面世界。

我爱你，除了爱什么都无法纯粹。

看星星的时候，
不说爱好不好

我挣扎着热爱你。

我的平生是旷野，即使览遍了万般景色，却还是归于荒芜。

我倾尽一生去拓荒，去守一株小草生长，即便身旁是连绵的玫瑰墓葬，我也没想过要放弃。

爱上一个人很简单，但爱一个人很难。我是个顶擅长装模作样的人，只是在你面前轻易卸下了所有的伪装，想执拗地向你要一份青睐。

可我终究没说出口。在你面前，我总不够自信。

像是在灵魂上装了强制程序，唯一的密匙是成为觉得足够好的自己。

我爱你，我怕我不够爱你。

我能爱你，我怕我没能力爱你。

我好爱你，我怕不只我爱你。

我担心许多，总恐怕不行。归根结底是你没给我确切的爱。

我写过一句话："没有能力的承诺是假的，现实太残酷了，我想脚踏实地地爱你。"

我一直都明白，无论我写的文字有多么骄纵轻狂，我都没办法活成那个样子。

世界有自己不容打破的法则，我们交缠其中，只能遵守，所以我不轻易说爱你。

世人在束缚下爱得点到为止，神明爱得众生平等，这都不是我的爱。我的爱是在枷锁和夹缝中也要长出的玫瑰。

我挣扎着热爱你。

很多小说会让男女主有一些独属的美好记忆，哪怕相隔万里也可以睹物思人。

不是想到我时联想别的事物，而是想我的时候只想我就好了，不要看别的。

看星星的时候，我们不说爱好不好？

我们欲盖弥彰所有，今晚我们只做浪漫虔诚的信徒。

我的爱是山间奔涌的风,海上翱翔的燕。

不是被锁在院内的光,被关进笼中的雀,

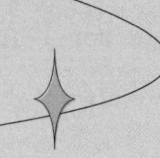

只能孱弱地移动、鸣叫,经不起推敲。

爱呀,直到遇见你我才明白,

你是博尔赫斯的月亮,聂鲁达的玫瑰。

一如《梁祝》中那般,

遇见你,我从此不敢看观音。

生生不息的爱意,你可愿与我奔赴世界尽头?

疯骨集

只要你来，
四季都让步

==我的爱太慌乱了。==

　　我不敢表达，不敢诉说，尽管我拙劣的演技浮夸又稚嫩，我依然觉得喜欢你只是一个秘密——一个众所周知的秘密，只骗过了我自己。

　　人一旦开始时常怀念，是否就代表了衰老？

　　记忆里被埋到深处的细微之事，在被我翻找出来时还带着时光的韵味，没有颓败的痕迹，不过经历了许久的沉淀，它们变得更加值得纪念。

　　我记不清幼时的玩伴，但我记得幼儿园门前的草坪，记得轻轻一碰就蜷缩着合上的含羞草。我记不清小时候最爱玩的游戏，但我记得楼下的藏獒，记得它湿漉漉的眼睛，仿佛闭上眼还能看见它向我跑来，温柔地呜咽。

　　我好多东西都记不清了，但我还记得爱你。

尽管生活并不可爱，我还是记住了很多美好。

或许这才是人活着的意义吧。

遇见美好，收藏美好，寻找美好。

然后，为了美好，不论得到的还是希望得到的，坚持和挫折做斗争。

我不为曾经的遭遇怨天尤人，只是不敢再期待任何一个有海风的湿热沉闷的夏天。

但我想期待你。

我的花期未定。但只要你来，四季都会为你让步。

你明白的，我只是想贪图一份只为我来的偏爱。

我们要永远相爱，要永远拥抱，要永远不知悔改。

都在朋友圈刷到过彼此的生活，

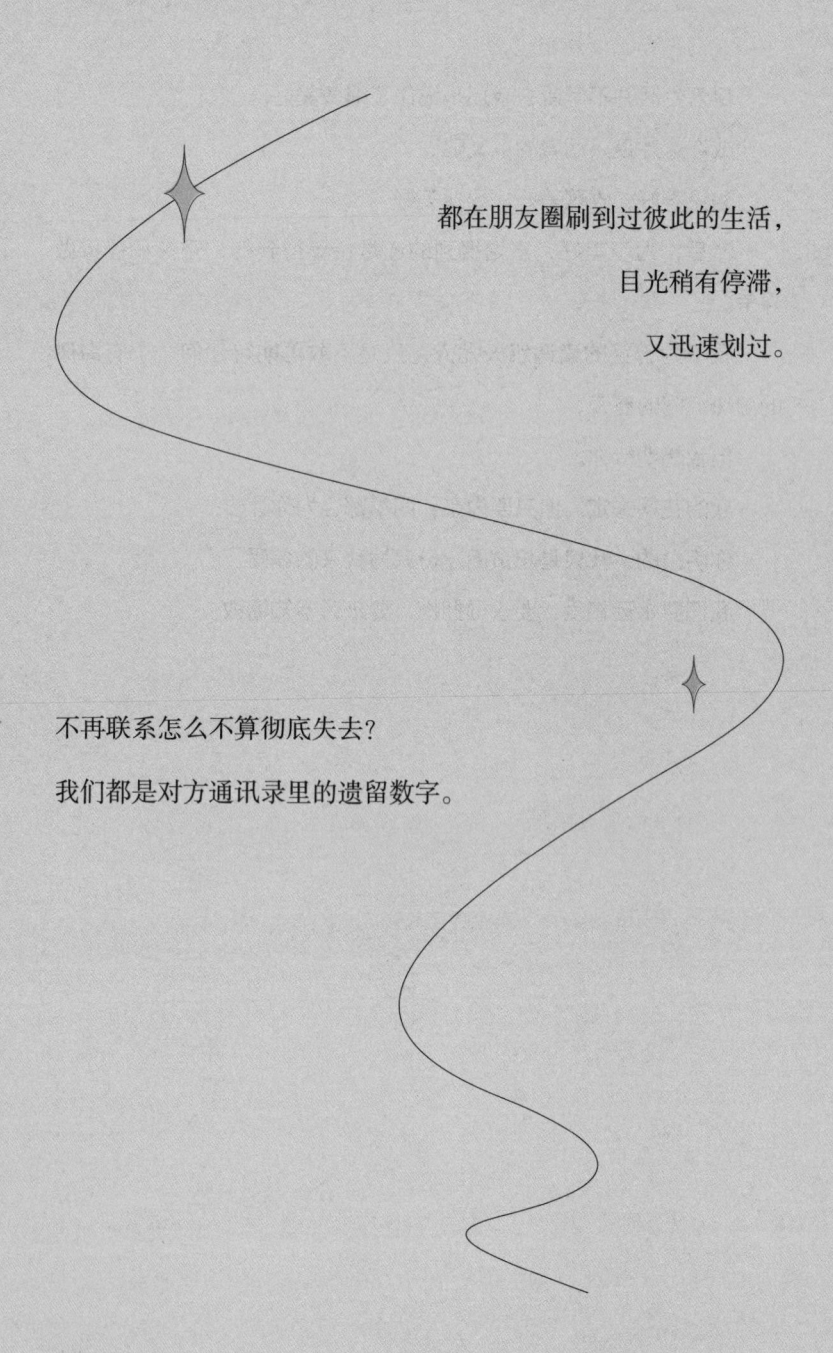

目光稍有停滞，

又迅速划过。

不再联系怎么不算彻底失去？

我们都是对方通讯录里的遗留数字。

我的爱，
从不高尚

> 我的十里春风早入冬了。

你应该明白的，若你是那不染纤尘的神明，我便是供奉你的信徒，虎视眈眈地、目不转睛地，想要寻一个亵渎神灵的机会。

或许在某一个黄昏，晚霞铺满了天边。

买一盘俗世的胭脂，想叫你也沾染上些人间的颜色。

我的爱，从不高尚。

我不爱人间。终日惶惶的那些日子里，也希望自己不爱你，好了无牵挂地放开爱向我伸出的最后一根稻草，无尽坠落。

我终究没有自己想象的那般勇敢。

我不敢说爱你，也不敢再爱这世界，不敢忘了那些惨痛，也不敢去试探新的美好。

却也不愿说再见。

我想说你忘掉我吧，放弃我吧。这沼泽太深，这夜太黑了，你不过照亮我一霎，便温暖了我半生。可我怕你也被吞噬殆尽，同我一样被困在这痛苦中难以自拔。

  我骨子里的卑劣叫我牢牢地攀附住你，像菟丝花一样。可我还是有些舍不得，在我反悔之前，往前走吧，不要回头。

  我想玩一个角色扮演，假装一天的哑巴，因为世人本来也听不见我说的话。后来我想，我偏不做这哑巴，我要说尽这天下事，说尽这尘世情，这万般变化。

  我要说尽好坏善恶，说到啼血，说到身体枯萎，灵魂在空中炸成朵朵烟花。我在这人世间短短一瞬，要说得尽兴才好。

  你明白，我无论如何，都是要说的，我不要麻木地活着。

  我的十里春风早入冬了，你也未曾明白。

  我不等你了。

  我好久没穿过明艳的颜色了。

  ……

  冬天什么时候才能过去？

  别忘了我们约好要去看樱花。

辑一：有关于你

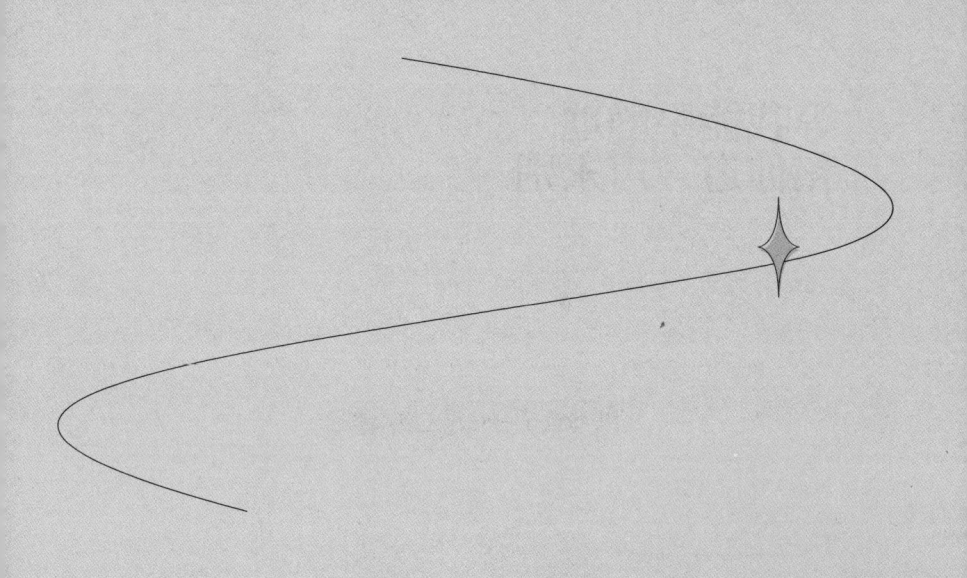

爱是概率的游戏，是试探和暧昧的惯犯。

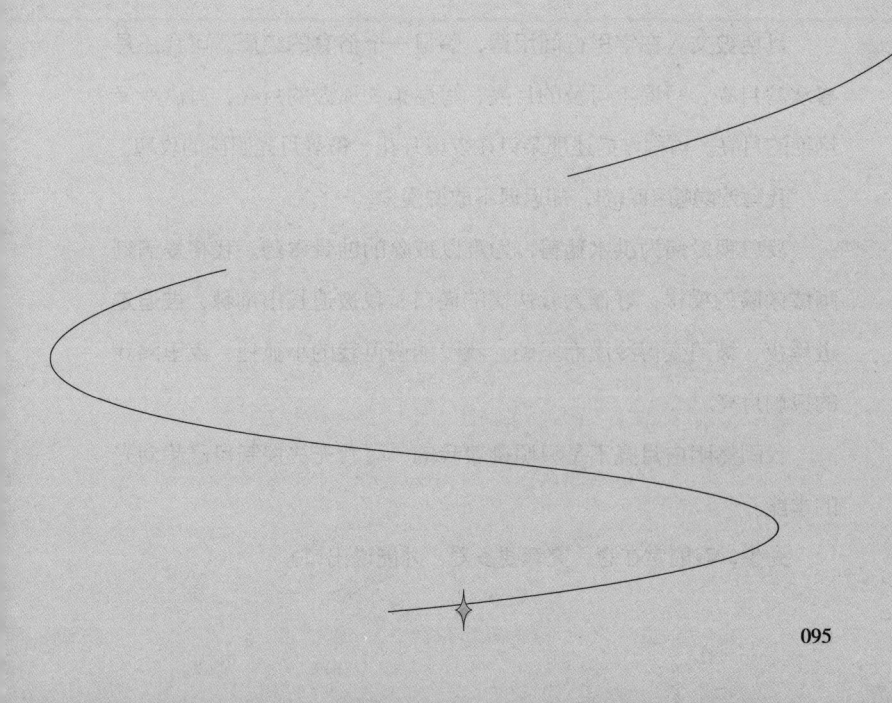

疯骨集

等我能平静地
和你道一声永别

> 我私藏了一寸月光在心底。

先生：

　　月色被文人在字里行间用遍，落得一个俗套的结局。可我还是喜欢写月亮，写遥不可及的月亮，写温柔却孤傲的月亮，写清冷又艳绝的月亮。再稍作描述那朵只在夜里开花、备受月光照拂的玫瑰。

　　我写遍隐喻和晦涩，却迟迟不敢说爱你。

　　我总视爱情为洪水猛兽，为难以戒除的蚀骨毒药。我将爱情刻画成凶险的模样，好作为我怯懦的借口。我被迫长出荆棘，被迫走进黑夜，被迫变得冷漠而坚硬。我没能遇见我的小狐狸，夜里陪我的只剩月亮。

　　我固然明白月亮不是只照拂着我的，可我无法控制自己趋向光的本能。

　　先生，我时常在想，究竟要多爱，才能说出口？

哪怕我将月亮写遍，也会怯懦地不敢抬头看你。我私藏了一寸月光在心底，而那几近枯竭的灵魂，承受不住再一次的打击。

先生，我不敢不留余地地去爱，爱不是我生命中占比大的那一部分。我只是一个谨慎的投资者，生怕把所有筹码都投入就会落得万劫不复的下场。我还有家人和责任，还有属于自己的未来，我不是一个人活着。

可同样的，先生，你的爱太疏离了，像是亮晶晶的包装纸里的糖果，绚丽又迷幻。我隔着橱窗趴在外面看，糖果也不会自己跳出来钻进我的怀里。

先生，你温柔又过分冷漠，我不敢毫无保留地爱你。

我无法假设哪一天你抽身而去，爱得奋不顾身的玫瑰该当如何。

先生，我抓不住月亮。

先生，人生总要做几场瑰丽的梦。

可梦总是要醒的，玫瑰也还要继续在夜里疯长。

月亮不懂玫瑰，也不懂我。

我决意把私藏的那一寸光还给月亮。

先生，这次我们就不说再见了。

你喜欢精致、温和、细腻，

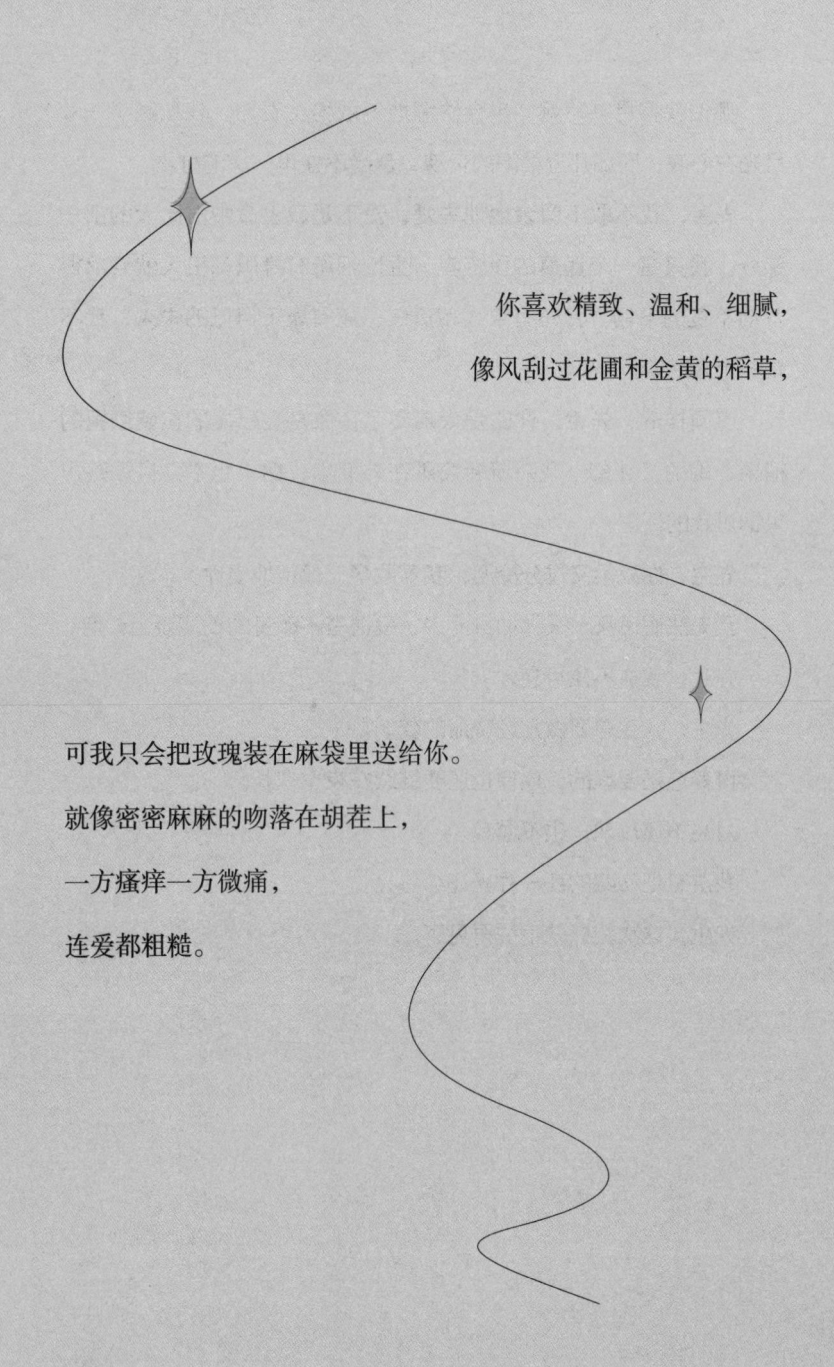

像风刮过花圃和金黄的稻草，

可我只会把玫瑰装在麻袋里送给你。

就像密密麻麻的吻落在胡茬上，

一方瘙痒一方微痛，

连爱都粗糙。

辑一：有关于你

爱是不能精打细算的

> 温和清隽的江南终究温暖不了漫无边际的长冬。

这是我第一次给你写信。

很奇怪，对越是熟悉亲近的人，我就越难在文字上表达情感，毕竟我的文字时常同幻想接轨，收件人的那栏上也往往没有姓名。

此次动笔，却是为了和你说再见的。

我终究还是舍不得一声不吭地转头离开。

我并不擅长爱人，而今也越发缺乏了爱人的能力。比起被爱时承担着"需要偿还"的压力，我更愿意一个人归山，一个人走过漫无边际的长冬。

我需要耗费很大的力气去提供恋人需要的情绪价值。我擅长等价购买，可是爱是不能精打细算的，所以我感到疲惫。

在好多个习惯性失眠的夜里我辗转反侧。我没办法心安理得地耽误你了。

我的爱太警惕，在看似幽静的森林里布置了许多并不致命的陷阱，想吓退任何一个试图走到中心去爱我的人。爱对我来说是奢侈品，而我家徒四壁。

我擅长用各种各样的方法挑衅恋人的爱，以此获得"他还在爱我"的满足感，也想以此叫对方厌烦，我才能安心地舍下你的好。

我生病了，我不想把你也拖下水来。

可是，你为什么要躲开每个我精心布置的陷阱，还要笑着说我可爱？又为什么要理解我的胆怯，包容我的不安，还一遍遍地和我强调着爱？

我越发感到被爱的难堪。

请你不要一次次拽住我下沉的手了。

你的爱像是长冬里的炉火，并不能根治我手脚冰凉的毛病。

与其叫我把你耗尽，不如就此别过。

我倚桥打马过酒家,以诗赊账。

遍览群山,做如山风般潇洒的儿郎。

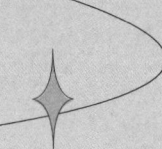

我背上刻着风骨,嘴边衔着坦荡。

纵前路坎坷、日月消逝,仍斗志昂扬。

我长着自由的羽翼,赞美野花的芬芳。

心怀凌云志,不忘芥草伤。

仗剑天涯,吟唱独我一人的盛唐。

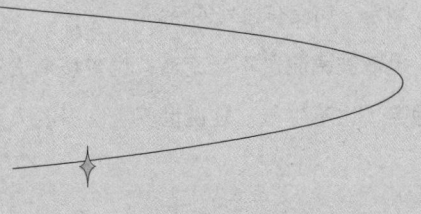

疯骨集

爱是榫卯结构的建筑

> 不必委屈自己住进任何一栋危楼。

"你爱我吗?"

她很喜欢反反复复地问这个问题。

说是问题也不尽然,比起一个需要解答的题目,它更像一个榫卯结构的建筑。

因为要住进去,所以她必须一遍又一遍地确认它是否牢固,是否始终坚定,不会在任何一个雷雨夜骤然坍塌。

世界很大,她没办法保证遇见的都是合适的。于是她也郑重其事地在故事的开头写下序言,向来者确认合租房屋的条款。她厌恶任何说不清道不明的关系。

她是一句没有逗号的诗。

也曾被调侃过不懂变通,也曾被指责过不够圆滑,可是她无所谓地笑,也不生气。她说世界上圆滑的人太多了,偶尔少一个我也没什么大不了。

　　她并不渴望被太多人喜欢，期待别人是一件令人疲惫的事情。她眯着眼睛看自己的食指和大拇指几乎相触，爱不是可以打折的商品，或者永远"保值"，我只要一点点的爱就好了，我不贪心。

　　有爱很好，没有爱，她也可以过得很好。
　　所以不必委屈自己住进任何一栋危楼。

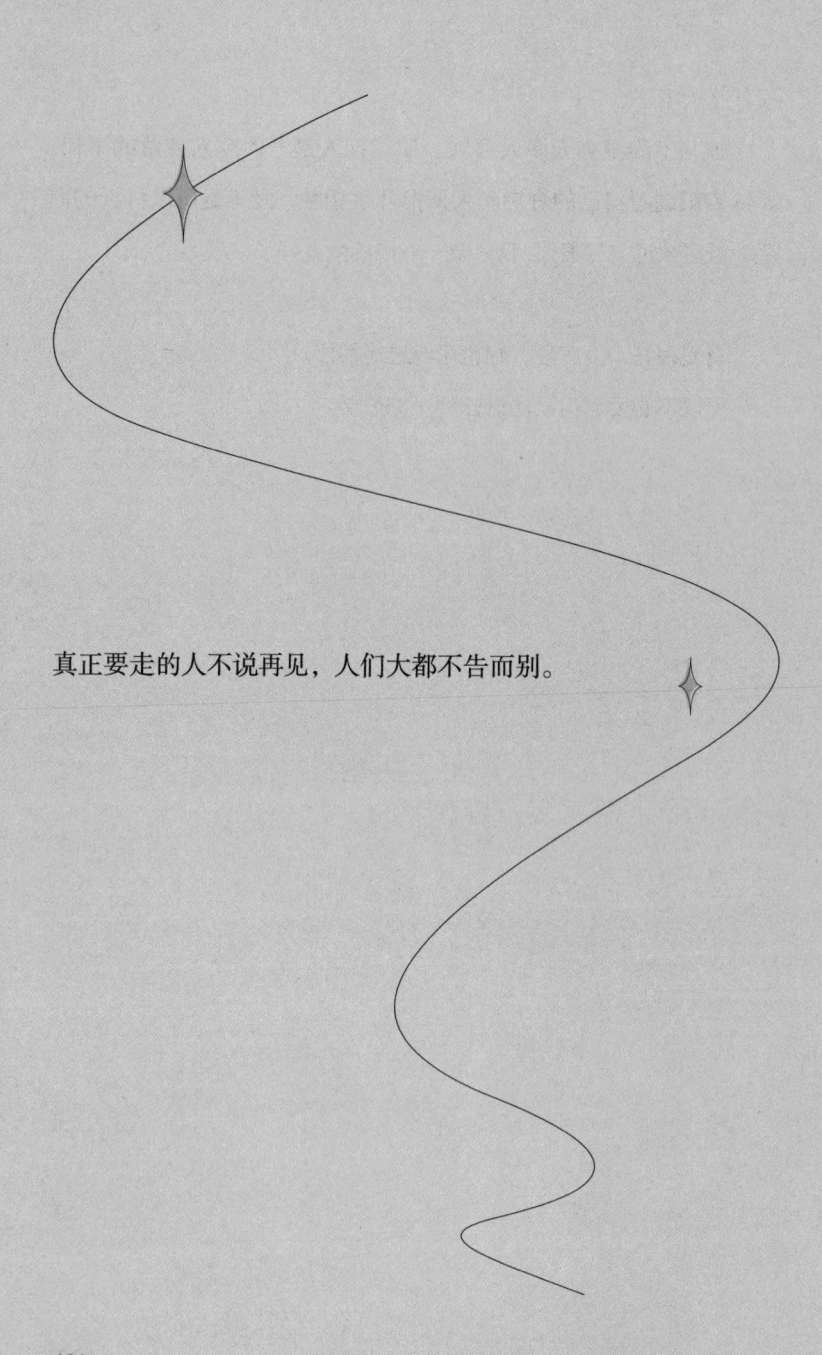

真正要走的人不说再见，人们大都不告而别。

有的人
不需要被拯救

> 影子要的爱不是太阳,是追逐光的感觉。

你发来消息,说今晚的月色真好。我恰好窝在窗台的边角,额头抵着玻璃,思绪在层层叠叠的乌云中渐渐失去踪迹。

"可是今晚没有月亮。"

天黑之后才知道乌云并非黑色,它更像是一种混杂着黑白的灰色毛线团,细细密密的,偶尔才得以露面。相较而言,它不如夜晚黑,亦不比白天亮。所以呀,连天空都有在黑白间游走的第三色,也请允许有的人在憧憬死亡的同时,挣扎着活。

你没有回话。

我们强求过了,但也该到此为止了。就像冬日里的炉火终会有无柴可烧的一天,我心中日积月累的那场雪,最终也会被春风融化在你的腕间。

我们永远难两全。

我原先学不会爱人，比起被人放在心上细心呵护，我更愿意成为角落的影子。不必在阳光下受人瞩目，不必有登场的时限，不必被赋予太多期待，也不必得到爱。

可你非要敲响我的窗子，非要我也学你一般畅怀大笑，非要把爱一点点掰碎了给我看，非要我去仔仔细细地清数，好还你等价的东西。

你非要教会我去爱，又给不了我不带有施舍含义的纯粹之爱。

我们都无法明白，有些东西就是彼之砒霜，吾之蜜糖。

你也不明白，有的人是不需要被拯救的。

影子不会觉得角落不好，也不会觉得从阴冷处长出的蘑菇有什么不好。可太阳非要拉着她狂奔，非要叫她也夸耀向日葵，非要悬在她的头顶，像无数次为他人指路那般，试图拯救她。

可是太阳下的影子，只会蜷缩成小小的一团，逐渐感到窒息。

影子当然期望太阳永远闪耀，只是她不愿贪图太阳的爱，她不想做许多影子中的一个。就像水中之月说到底不过是一捧清水，太阳也永远不可能扑到地上，去给角落里的影子一个货真价实的拥抱。

影子要的爱不是太阳，是追逐光的感觉。

我们走着同一条直线，只不过是背对背，也算是半个同路人吧。

我憧憬你的热烈，你渴望我的理智，只是我们终究不适合相爱。我舍不下我的理念，你亦弃不了你的观点，比起日后相看两相厌，不如就此别过，有缘再见。

毕竟我叫你杀人于无形的春夜，你唤我为屠城的雪。

说我是心脏的所有者属实抬举我了,

我不过是一个守门人。

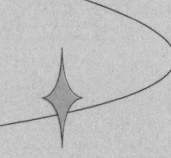

那扇门把我的心脏分成两半,

一半用来支撑生活,一半去生活。

它沉重、威严,不被允许打开。

门内是用无数谎言和幻想堆积起来的理想国,

门外是被冰冷残酷的法则牢牢束缚住的现实。

门里虚假但浪漫,门外残酷却也有温暖。

我认真地守护着那扇门,

不让两边的人相见。

谁更幸福?比较不了,

因为我们得有梦想,但也要生活。

我们就此，
不要再见

> 我们明明在同一个城市里，却像是隔了几万公里。

虽然略显荒诞，但我的确去过很多个梦里，参观我们可能会有的以后。

可往往梦醒时分都伴随着窒息的胸闷，眼角总是滑下一些自己都说不明白的泪滴。清醒后我费力地睁开双眼看着天花板，有一种脱离幻想的失重感，冥冥中能听见低叹声，似乎不是从我胸腔中传出来的，反而像是一种另类的命运审判。

无论清醒与否，我所能想到的结果都不尽如人意。

过去总觉得橱窗里的甜点看起来很诱人，尝过的食客却对此褒贬不一。但这并不妨碍我渴望它在橱柜里，或是在我眼里闪闪发光。我总觉得我选到的那块一定最适合我，会是最好吃的。尽管甜品好吃与否并不能决定我的生命好坏，我却依旧渴求获得它，以增添我生活的悲喜。

可不是每个人都能在第一次就选中那块合适的甜品。

就像我们,最初被彼此的色彩吸引,最终发现对方内里的馅料并不合自己的口味。

我们都或多或少出现过问题,一些难以宣之于口的矛盾,一些哪怕被点明也很难彻底消解的矛盾。我想我们只是不够爱,我们总有一些无法为对方妥协的点。我们的齿轮无法严丝合缝地相合,于是总有多出来的棱角,摩擦得彼此都疼痛非常。

我们明明在同一个城市里,却像是隔了几万公里。

我们不是没想过要坐下来好好解决这些问题,可是你太死板,我又过分固执。当发现如何付诸行动都不得其解的时候,我突然就明白了,这就是我们注定过不去的那关。

就像你无法理解我在夏天仍然冰冷的手脚,无法读懂我蜷缩着的睡姿和被打湿的枕头,无法理解我的释然和无畏,我也碰不到你说的温暖的光照,见不着你嘴里绚烂的彩虹,听不懂你的规矩与条条框框。

我们在彼此的世界里连续而不可导。

我们只是吃了同一株毒蘑菇,在触碰不到的彩色泡泡里爱上了一个本不该在自己世界存在的人罢了。壁垒和距离在出生之时就已决定,不是时间和空间能轻易更改的了。

你是拿着法典的行政官,而我是骑着扫帚的魔女。

我在你的条例和严政下不堪其扰,糊成一团的魔法药水被强制没收,还要被迫承认自己悲伤的错误。而你在我纷乱混杂的世界里晕头转向,庄严肃穆的条例被撕扯成碎片,只感到阵阵令人窒息的疲惫。

之前聊到死亡的时候，你叫我别老提及那些不够阳光的字眼，说那太消极了，不适合我这个年龄。可年龄不是衡量个人经历的标准，你又如何知道，我的天堂就不能有雨季，而必须是永恒的光亮？

你视我的天堂为地狱，还要我歌颂循规蹈矩的美好。可我是叛逃的音符，没办法安然地待在你端正的五线谱上。

"我们到此为止吧。"我终于从唇齿间把这句话抢救出来，清晰地说出了口。

"再抱最后一下吧。"你笑着，眼睛朦朦胧胧的，像我不戴眼镜时看天上的月亮一样。

我把自己揉进那个怀抱里，强忍着没在上面留下水痕。

转头分道扬镳的几秒后，我收到通信软件的提示语：您的小火花已升级……

那是我们刚刚撇开橱窗碰到彼此时，为了有一份感情见证而幼稚地用来记录的东西，而那最后一段对话是今天例行的互道早安。

你看，我们日夜培育的火又变漂亮些了，只是我们彼此的名字都会在这之后变成一串陌生的代号。

冬天到了，我们终究不该强求花开。

你离不开你的国度，我也走不出我的地狱。

我们就此，不要再见。

辑二：

唯有自渡

生在冬天的你，请不要被虚幻的梦境打断生长。
熬过了严寒，就会和希望在春天见面。

Chapter 2

我是一个幻想家,

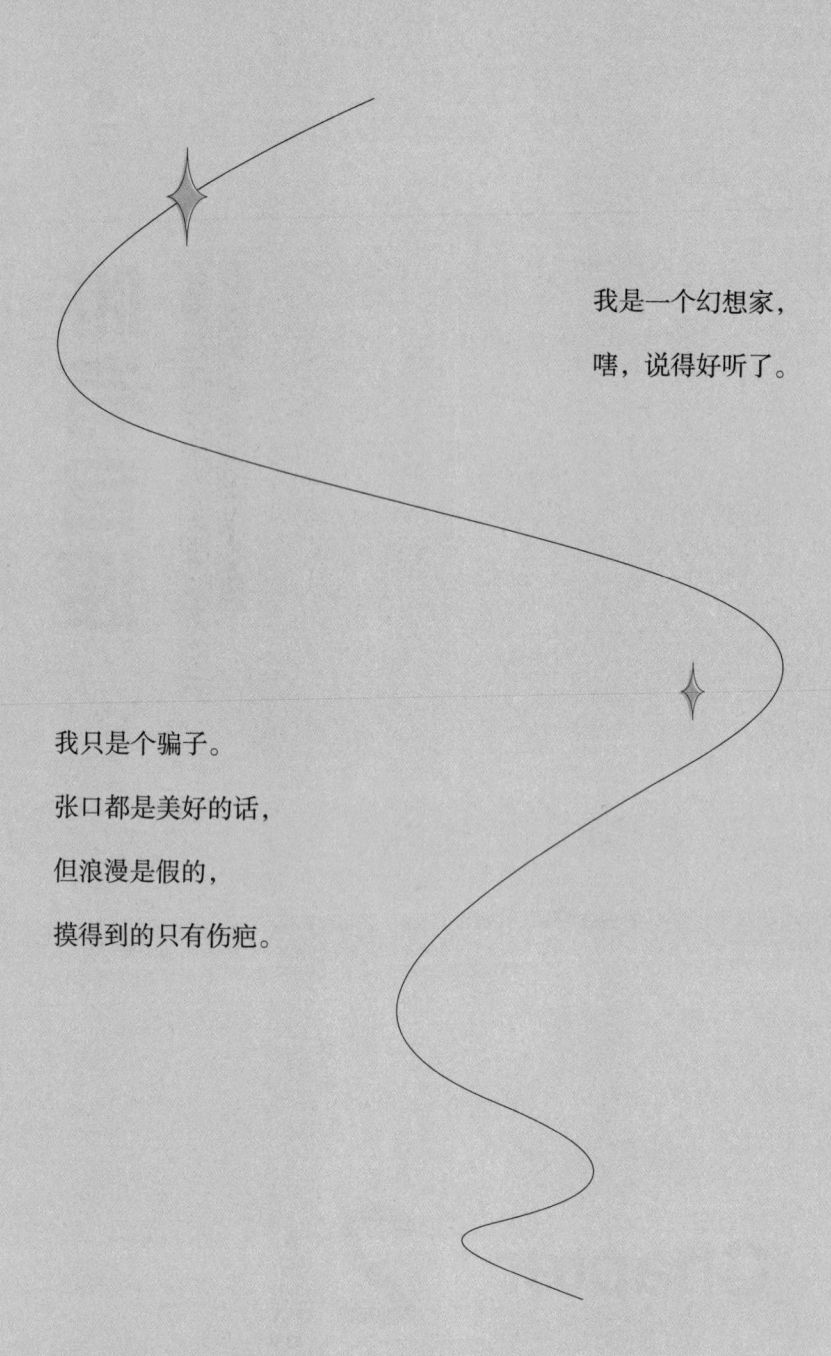

嗜,说得好听了。

我只是个骗子。

张口都是美好的话,

但浪漫是假的,

摸得到的只有伤疤。

像我这样
并非孤本的残篇

> 我甚至不是某种盛大的替身。

我不是有破碎感的人,我是破碎的人。

我是被否决的梦想,是被遗忘的计划,是星期天的午夜。

飞鸟落在海面上被浪花吞没的羽毛不是我,总被认成玫瑰的蔷薇不是我,我甚至不是某一种盛大的替身,我只是一株无名的植物,奋力开出一朵不被世人关注的花,然后被路过的人群踩中,最终化作泥巴。

我是不愿早起而随意牵扯出的理由,是被诗人认定为累赘而从篇幅中剔去的那一行,和谁组在一起都不般配。

我是不能被观测到的星星,于是我没有地球的名字。

我是不会被叫上领奖台的下一名,我甚至不是那些虽然痛苦但会被大部分人铭记的遗憾。我存在的痕迹鲜少被记录,更别提留下注释。哪怕有人在翻找间不经意触到我的棱角,也不会有心思关注我这样并非孤本的残篇。

　　我不清楚，没有可以被概括的一生是幸或不幸。

　　我曾经期待明天。

　　我残缺的自白并未留下悲痛的长篇大论，我破碎的身体也并未把那些伤疤展示在人前，于是我没有自证破碎的证据，旁人都觉我苦苦压抑的痛呼是无病呻吟。

　　因为没有被看见伤疤，所以被判定一生幸福。

我可以只喜欢影子吗？

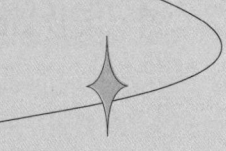

喜欢离阳光一步之遥的清冷角落，

喜欢阴天，喜欢下雨，

喜欢昏暗带来的归属感。

可我也很怕一个人黑漆漆的夜晚，

怕拼命仰头也看不到光，

怕被抛下，怕受孤独，

怕再也找不到值得活着的理由。

"小孩，不必非黑即白。"

幸存者
不要说抱歉

> 大家都在奔向自己美好的未来，只有我还在原地。

这世上曾经遭受痛苦的人太多了，所以像我这样精神上布满褶皱的人就会显得微不足道。

内里的残破是无法被见证的，没有人能够共情。就像没有人读懂别人的影子，那些隐秘的疼痛在夜里悄悄地啃噬着我，骨头痛呼的声响在脑海里回荡。

这种难过并非洪水风暴，不会大张旗鼓地席卷而来，它更像是水滴，虽然细小，但我终有一天会被它贯穿。

其实我一直在避免回忆那个夏天。我小心地行驶着，生怕撞上那些来自过去的暗礁。我一直在劝自己不要回头看，过去是泥潭，是深渊，是暗红色的断头铡。

我一直在逃避它，给记忆加模糊处理，自我欺骗着，仿佛只记得那些闪着光的亮点，而忽视了那巨大的阴影。哪怕它留给我的伤痛大到至今都无法痊愈，我也努力劝慰自己，过去还是有那么一点美好值得留念。

其实一直最为难我的人，好像就是我自己。

那些以为会记一辈子的痛苦和怨怼，以为此生都无法释怀的伤疤和过往，原来只有我自己在日复一日地回忆。我反复把自己丢回黑暗的旋涡，任由难过将我侵蚀，把我的伤疤变成刺青。

大家都在奔向自己美好的未来，只有我还在原地。

原来当初的那些人早就已经忘记，放不过我的只有我自己。

其实所有人都觉得我过得很好，我本来也这么自欺欺人地以为。

我在自己编撰好的设定里表演给外人看，把摆在橱窗的展品收拾得干干净净，好像如此就算体面。门前的木牌常年对外摆着"请勿打扰"的告示，因为我生怕有人踏足我这片土地，惊觉于它的杂乱和荒凉。

直到某天我坐在窗帘的影子里看外面的阳光，突然莫名其妙地掉眼泪的时候，我才明白那些痛苦从来没有被甩开，我的心上破了一个窟窿。痛苦是烟，我关紧了门，它还是会丝丝缕缕地冒出来。

过去在我灵魂的尾巴上绑了一座山，我拼尽了浑身气力也无法挣脱，直到双翼都渗出了鲜血，从此我再难飞向天空。

不知道从什么时候开始，除了撕心裂肺的痛苦和最原始的欲望，我什么都感受不到。

像是被世界套了个麻袋然后蒙头一棍，砸得我眼冒金星思绪混乱，砸得我三魂七魄中就剩了哀欲二种，砸得我只能听见苦痛和命运的讥笑。

那一棍把我敲进了土里，也敲碎了我的心脏。

我从此看不到太阳。

我还是没有办法笑着和所有人说起过去,也没法释然地和自己说一声抱歉。

我一直在被回忆反复割伤,哪怕能重生,皮肉反复长出来的过程也属实难以忍受。

即便已经记不太清两年前的任何一道题了,我却还是记得那段如死水般令人发指的生活,记得那段昼夜颠倒间自我放逐的时光。

我并不紧张,走出考场的那一瞬间突然久违地有些想要发笑。

看着同学们僵硬的脸上胡乱堆起快乐的笑,或是喧哗着,或是三五成群飞奔离开。我面无表情地走在人群中,大脑思绪纷杂,却清晰地印着一句话:

我终于活着走出了这一天。

我想时间是无法抚平任何一道褶皱的。我不再劝慰自己了,也不再渴望祛除任何一道伤疤了。我无法与任何一段过去和解,我只能与它共生。过去在我的身体里发酵,我终于可以清醒地醉一场。

我开始习惯疼痛,于是疼痛逐渐难以伤我分毫。

昨夜天台上的星星很亮,我从开了暖气的房间里出来,隔着单薄的衣服感受着风一寸寸吹皱我的皮肤。我总说死亡才是唯一的解药,但有时也觉得这个世界上还是有很多值得我活着感受的,哪怕需要时常感受疼痛的侵蚀。

那些过去擅长刺痛我、绑架我、胁迫我,擅长羞辱我、责怪我、轻视我,擅长把我摁在泥里或者撞向石头。它最为擅长剥夺我的快乐和自由,擅长从鸡汤文学的字里行间说它多爱我,或者随意地以爱之名予我一个短暂的吻。

我不会去死亡里找那味药了,也不愿意妥协认错,苟且存活。我偏要与它僵持良久,看是它先把我推下天台,还是我把它摁进身体里,让它臣服于我的所有思绪。

即便被钉刺满身,我也不愿再叫脊骨弯一寸了。

请记住,幸存者不要说抱歉。

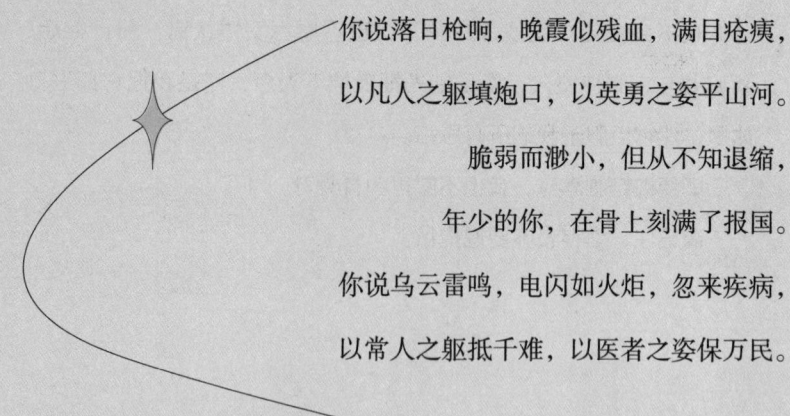

你说落日枪响,晚霞似残血,满目疮痍,

以凡人之躯填炮口,以英勇之姿平山河。

脆弱而渺小,但从不知退缩,

年少的你,在骨上刻满了报国。

你说乌云雷鸣,电闪如火炬,忽来疾病,

以常人之躯抵千难,以医者之姿保万民。

普通而寻常,但从不知险阻。

万千个你,在心中注满了大爱。

你说尘起沙扬,狂风若利器,难逃难离,

以血肉之躯赴深渊,以桀骜之姿斗命运。

不懈而刚毅,也从不知放弃。

挣扎的你,将灵魂铸造得更坚硬,

悲恸的你,吞咽苦楚的你。

祝你的未来能遂己意。

白头的你,未能白头的你,

望你的一生无所不意;

煎熬的你,不肯认命的你,

愿你的眼中常含笑意。

祝你永远是你

> 为得寸光,只身拥火。

生日快乐。

初秋和台风一起到来,前些天灼人的太阳近日却过分萎靡,即便雨后初晴,也无甚温暖可言。我知道你最喜欢秋天,你喜欢下雨,喜欢听雷声轰鸣,喜欢雾蒙蒙的青山,喜欢静谧中恰到好处的飘逸,喜欢置之死地而后生的热烈。

愿你和喜欢的一切在一起。

你总是喜欢观察遗憾,但你并不喜欢遗憾。你从不为躲避自己的失败,从不为自己的决定感到遗憾,你永远坚定得像是海上的风向标,你只听风的指令,从没有片刻犹豫。

我知道你不喜欢回头,只会乐观积极地面对所有。愿你往后常喜乐,少哀愁。

不合群没关系的,人总要学会独行。社会上太多不得已的事情已经很让人无能为力了，在自己最后的净土上就别戴面具了。

愿你能爱好自己，这已然很不容易。

你总是自己说服自己，明明心里门儿清却总还是奢望有人也能给你真心，于是你总是伤痕累累。破碎的一切被你反复修补，宁愿扎到自己也不愿展露在人前。哪怕后来你变得固执又坚硬、冷漠又高傲，还是会在很喜欢的人面前变得小心翼翼。

摔过了，也在泥里滚过了，理智告诉自己要冷静，心却还是飞蛾扑火地去寻找光源。你终究还是俗气且幼稚地想要被很多很多的爱包围。

也愿你被偏爱，愿你的付出都有回应。

你说自己是并非孤本的残篇，甚至都不是某一种盛大的替身。遍体鳞伤的是你，总遇磨难的是你，可光芒万丈的也是你，你早已是独一无二的存在，也早已在世上留下过自己存在的痕迹。

这一生其实算得上是刚刚开始，你还欠自己一场没有犹豫的私奔，还未奋不顾身地寻觅远方，你还欠自己一面每每被提起都能倍感自豪的荣誉墙。

别拘泥于眼下的苟且，也别为不值得的实物妥协。你还有好长的路要走，你还会遇见更好的人。

愿你遍斩荆棘，无畏风雨，去变成更好的自己。

未填写的生平和墓志铭被你称为留白，悲伤和孤独化为泥土，种出来的花是星云，你自成一方宇宙。

祝你热烈灿烂，永远都有精力奔向远方。

祝你天真烂漫，一直乐观地拥抱生活。

祝你永不落俗，祝你温柔又不失坚硬。

祝你沉稳大方，祝你成为更好的自己。也要记得开心。

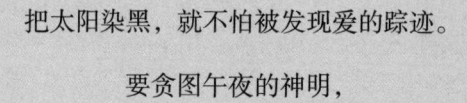

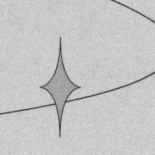

把太阳染黑,就不怕被发现爱的踪迹。

要贪图午夜的神明,

坠入猩红色的旋涡。

要叫俗世的规矩都不敢看我,

夜里的蔷薇是我费心种下的吻痕。

祭坛上只能出现我的身影。

"后悔爱我?来不及。"

疯骨集

不要害怕
与雪共白头

> 熬过了严寒，就会和希望在春天见面。

又是一年冬。

今年的冬要比以往冷上几分，好像还没来得及去欣赏转黄的树叶，顷刻间一切就已经被东风席卷，枝丫都早早成了光秃的模样。

闭上眼的时候，是不是也算是去了海边？

即便与朋友在一起，过后却会被巨大的空虚与疲累吞噬淹没。你习惯了沉默，你好像还是总喜欢一个人独处，习惯了幽静的角落里只有自己清浅的呼吸声，你习惯了待机多于喧闹，其实也没什么不好。

别去在意别人的评价，你走自己的路就好。

命运给出的难题是避无可避的，这点我们都清楚。有太多的事情亟待解决，也有太多火上眉梢的 deadline（截止期限），可是你还是不慌不忙地不愿动手，在无数个夜晚辗转反侧。

没有别人能为我们自己的人生负责，那些沉积的旧雪美则美矣，但赏完后请别忘了清扫门庭，迎接春天。

记忆好像断了层，又好像被什么恶意地擦去了一角，回过头看的时候好像什么都蒙着一层薄雾，看不清摸不到的，像是在人潮之间被不知道从哪来的无数双手推着，不由自主且无目的地往前，停下来时才恍然回神。望着无法返回的来路和陌生的沿岸，很难不感到一阵巨大的、被时间愚弄的荒诞。就好像我们的记忆仍然沉重地坠在身后，身体与灵魂被困于现在，我们的时间却早早逃逸，远远地飞驰向明天。

世事给人一种强烈的割裂感，大部分人都沉迷于自己营造的幻觉，只有你痛苦又清醒地意识到这一点，却也无力挽回已经从窗外滑向后方的任何。我们最后都要妥协，拾起所剩无几的今天去面对时间。

看不清的未来、理不顺的现在都让你慌张。你找不到合适的出路，又恐惧于让父母失望，于是开始责怪自己，你的精神斑驳，像是奖杯上的锈迹。

可是没有人是永远不会犯错，永远不会走进岔路的。遇见困难就直面它，躲避只会助长它的气焰。人一生最难的就是要学会认清自己，认可自己。我们认清自己的能力，不足的地方需要尽快改善，完好的话也别忘了自我表扬。消极沮丧是困难的附加题，你要明白它们从来不是必须拥有一个答案。

祝你在自己的心里璀璨。

冬天总是代表着死亡与寒冷，被好多人用以定义孤独，解释悲伤。可是冬天其实是四季的起源，又是四季的尾端，它让大地休养生息，让生灵安然酣睡，它有着世界上最纯粹的颜色——众生平等的白。

生在冬天的你，请不要被虚幻的梦境打断生长，熬过了严寒，就会和希望在春天见面。

请不要害怕与雪共白头。

想逃到一个无人的地方,

抛弃所有的头衔。

只有鸟和海认识我,于是我不必拥有姓名,

以便规避被人呼唤的可能。

我想重新变成一个我认识的自己,

不必浓妆艳抹,也不必光鲜亮丽,

不必在胸前挂好名牌,

像是等待被选中一样地被叫起。

我不想再增添什么了,

我只想减去。

我想光明正大地谈及所有,

而不必藏有隐晦的情绪,

沉默或者高歌,

我不必再苦苦等待谁的回信。

我把这一辈子从兜里掏出来抚平叠好,

一点一点讲给自己听。

我是那样想在一个无人知晓我的地方做回自己,

无论落魄还是美丽。

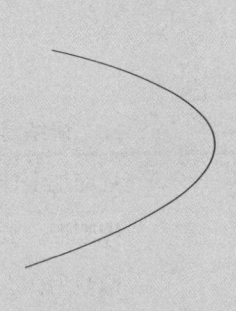

因为太过清醒，
所以太过孤独

> 众生皆苦，唯有自渡。

情绪是黑洞，是吃人的怪兽。思考了很久到底要在"亲爱的"后面加上什么称呼，最后写下"某某"的一瞬间就开始莫名其妙地掉眼泪。其实说不出来为什么想哭，只是很多东西不适合解释，就像我为什么还在想念你，为什么不敢称呼你的大名，又为什么要提笔，写下这一切。

有的时候我也分不清楚我到底是作为谁在生活，面具戴久了要摘下就要付出代价。胡编乱造的谎话说多了，也会把自己骗得晕头转向。

心里裂开了一道缝，我勤勤恳恳缝缝补补，它却断断续续反复撕裂。它有时趁着我疲累时占据我的山谷，四处肆虐，于是我总是变幻莫测，也总是阴晴不定。

我已经建起了太多座墓碑，亲手送走爱人的感觉并不好受。我把他们埋在向阳的地方，可还是难以避免从地里溢出的潮湿。我的衣柜里有和墓碑同等数量的衣服，为了一份明天见的承诺，我成了最佳的扮演者。

但请放心，至少有那么一次、一刻、一天，我是完完整整地作为最好的我自己在生活的。

为此，我争斗良久。

人的一生好像都在遗失东西，脑袋里关于过去的回忆是遗迹，你是我的遗骨，我是我自己的遗孤。

周围的人都很想念你，所幸我的扮演得体，因此他们都是对着我和你讲话。他们常说起你是个幸福的小孩，我不置可否。毕竟我披着你的衣服走在大街上的时候也能够感到温暖，日记里提起你的曾经时也常有笑意，大家都好喜欢太阳一样乐观又温暖的你。

太阳要温暖别人是举手之劳，模仿太阳试图照耀别人只是在消耗自己。我成为不了你，你也没办法再温暖我。我身上有你的影子，有太多人的影子，还有我自己的晦涩。

所以每当我感觉快要找到你的时候，裂缝就伸出大手把我拽回，像旋涡一样将我吞没。

亲爱的，别回头呀，你大步走，去时间的尽头。

我爱过你，也想放过你。

想去海边，去梦里的山间；想被水花托举，变得比在陆地上轻盈；想放一场大火，把所有难过的回忆烧得一干二净；想变成不可言说的秘密，不必被肆意评价刻画，不会被谁记录，也不用再渴望可以被谁放在心上惦记。

我像被放在兜里的耳机线，自作主张地把自己扭成了一团死结，又因为不那么珍贵，甚至都没有人会愿意费心力来开解。

过去我常说，人不该等待被拯救，众生皆苦，唯有自渡。可是没有你，我也很难再造一艘小船去跨越那片没有尽头的海。即便勉强造成，一路刻舟求剑地寻找你的痕迹，终究也是一场空。

我喜欢想象，喜欢睡眠，喜欢真实到让我恍惚的梦境。我也想沉溺，也想就此放弃，可惜我看得太清，不够坚强又不够脆弱，到头来也还是没能在这条荒芜的小路上找到伴。

我总是太过清醒，所以太过孤独。

亲爱的你，愿你一切安康。

信纸乖张,留不下思念的字句。

那人从南方来,带了一阵难以言喻的雨。

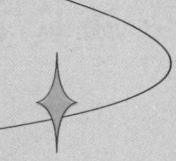

月上西楼,夜染层林,

她在无人的夜把爱曝尸荒野,

月光照不进的深海呜咽。

鸟儿合该属于天空,

不该被刻意冠上人类的姓名。

她高高举杯朗声祝贺,

祝他径行直遂,青云万里。

可那遗留在桌上的未封缄的贺词里,

首句茂盛,尾句凋零:

祝你天高海阔,

祝你爱我。

明年不做
逃兵了

> 到底怎样才算真的快乐？

我理应活得快乐一点。

认识我的人总说我的笑容似乎只有一种弧度，每张照片的区别只是背景不同。我倒是没有刻意去练习，只是很久以前有人说过我这样笑好看，那是我收到过少数的夸奖，于是这么一笑，就是十几年。

我想要跳脱出世界上各种烦琐的条例，却也在一点点用别人的评价把自己绑起来。

新的一年，祝自己随便做什么表情都好。

十七岁是潮湿而逼仄的，是灰白且单一的，是难以回首也无法摆脱的。在那些日子里，快乐变成奢侈品，太阳也照不过心里那堵拔地而起的高墙。

浪漫只是生活的附庸。

只有活得还算不错，才有心情谈风花雪月。

可是你知道吗？我向往的从不是浪漫。我向往的是活着，鲜活地活着。

今年已足够幸运，我找到了合适的生存方式。

没有怦然心动，没有步步为营。

我不是那只主动被驯服的狐狸，也没有只属于我的玫瑰。

下次我被命运围剿的时候，就不要做逃兵了。

令人不适的是虚伪的深情，

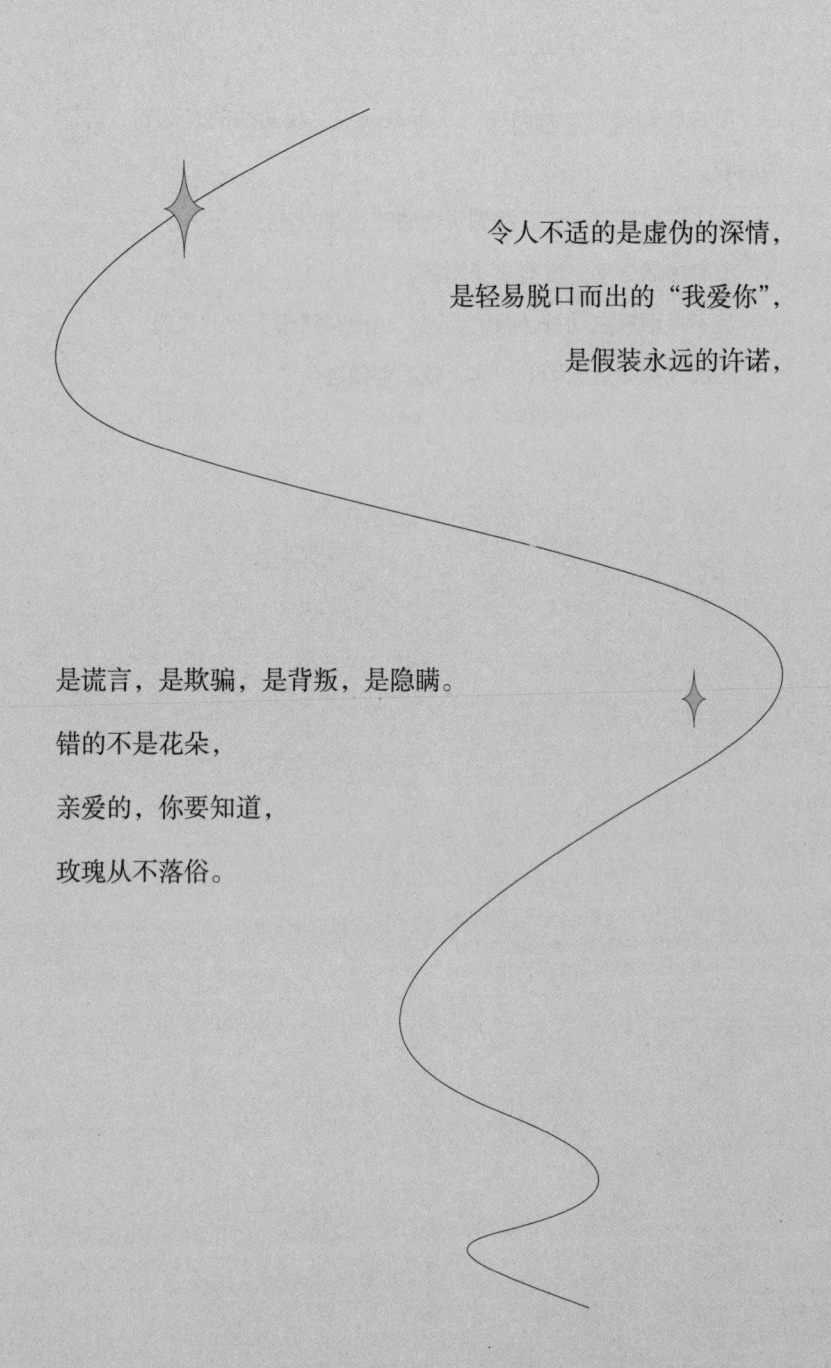

是轻易脱口而出的"我爱你"，

是假装永远的许诺，

是谎言，是欺骗，是背叛，是隐瞒。

错的不是花朵，

亲爱的，你要知道，

玫瑰从不落俗。

辑二：唯有自渡

如何不算是玫瑰

> 我不过是一捧死灰，竟也会为了你这阵风起舞。

是啊，你不得不承认，在这个世界，天平上的爱已经不再只是用心来称量了。

活着的时候，或者说，肉体被禁锢在人世间的时候，我总会无法免俗地想要很多爱，控制不了血液中群居的本能，想要被很多人环绕，被很多人知道。

若哪一天我有幸无悲无痛地离开这个躯体，遂愿地化成一捧灰，摆脱所有的束缚升上高空，届时请不要为我举办葬礼，不要过分打理我的墓碑。最好让它荒废，变成只存在于过去的事物。怀念我吧，但不必祭拜。

该怎么自我介绍呢？

我固执地坚持一些并不讨喜的自己，却又希望被很多人喜欢。

我明明是个疯子，却偏要混在人群中假装正常。

我的灵魂碎成许多不规则的残片,他们偶尔各自接手这具身体的所有权,但常常聚在一起开会,严肃又滑稽地讨论任何一件事的解决办法。

我喜欢被知晓渴望被读懂,却又俗气地希望自己是不曾面世的天书。我的七情会不定期出走旅行,所以我表现得漠然又深情。我把共情分给了全世界,独独留了麻木给自己。

我喜欢盛大的萎靡和热烈的破碎,却也爱看世人皆圆满,因为我只是不相信自己会被爱。

我自卑又过分骄傲,我俗气又过分清高,我擅长放弃,比如说自己和爱情。

别对我突然流下的泪过问,用力抱紧我吧,我需要坚定的爱和选择,等待着你来唱响我这首低哑的秋。

我终日都在与孤独博弈,输赢参半。所以我有时候羡慕极了成双成对的飞鸟,但大多时候还是越发坦然,毕竟一个人不是活不下去。

很多个瞬间,我的脑子告诉我,这辈子大抵是没人会爱我了,心却还是不自量力地守着一份期待。期待在有人见了完整的我之后,给我一个轻柔又郑重的吻,笑着说这些伤疤是勋章。

不够温暖不够漂亮又怎么样呢?我只是被命运种反了而已。又怎么不算是玫瑰呢?

在迈入深渊之前,我最后回头看了一次月亮。

月亮啊,满身伤痕。

疼痛的阈值在我体内不断升高,
一旦我做好决定了,

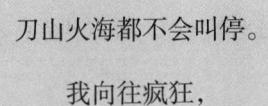

刀山火海都不会叫停。
我向往疯狂,

渴求破碎的形状与那刹那的声响,
爱碎银也爱月亮,
坦然地公布自己的世俗和清高。

我谦逊有礼,
又性情乖张。

疯骨集

所幸仍有人
爱月亮

> 我要流泪也要大笑，我要世俗也要清高。

你无法理解我生命中某部分追求的戏剧化。

比如在记忆中永远暂停了的十七岁，那个倦夏炎热的浪潮一次又一次地翻涌而上，像戏耍猎物一般扼住我的喉咙，缓慢地收紧。而我不选择通过时间与它和解，因为我需要窒息感让自己珍惜当下。我也需要不致命的痛苦，以便证明自己活着。

我的人生可以没有收到别人送来的鲜花和赞颂，我的沿途也可以没有载歌载舞。我可以是玫瑰，也可以是百灵鸟，但我的旅程中唯独不能没有眼泪。

我总是认为生命需要苦难才会显得深邃，生命也需要有明暗才能增加可读性。

一成不变、千篇一律的人生来自世界规则的流水线，那是生命的悲哀。所以我要叛逆一点，我要自己创造的痛苦和浪漫，我要入深渊也要种玫瑰，我要流泪也要大笑，我要世俗也要清高。

有人只爱碎银，所幸仍有人爱月亮。

形销骨立的青竹,怎堪折?

碎骨无法摧折他的意志,

痛苦没能统领他的魂魄。

他算不得君子,或许算得英雄。

新生的幼芽被他虚掩在雪下,

瞒过严寒的搜查。

他借风雪遮盖身上的绿意,

在崖边穿梭,传送春的讯息。

他深知脚下就是万丈深渊,

只待拖着满身旧雪,一起死在黎明之前。

他不后悔,他心中藏了只鸟雀,

会继承他的血肉,长齐羽翼,

飞向春天,

"归山,归山,走长冬。"

辑二：**唯有自渡**

二十岁，
我们又从零开始了

悲伤也算是一种属于你的快乐。

二十岁生日快乐。

其实写下这行字的时候总有一种割裂感，好像十九岁还近在眼前，十八岁也只是昨天，却又无法拒绝地迎来了自己的二十岁。

高中转瞬即逝，大学生活眨眼间也只剩一半，人生在飞速逝去的光阴中半隐半现，像是一张鬼脸，总让我感到虚幻极了的不真实，偶尔也有惶恐和不安交缠错乱。

但是过往如何已然成定局，难以追讨回来。毕竟时间是个高明的小偷，掐着不会被立案的金额盗取岁月，到头来我们也只能打了牙往肚子里咽。你总爱用无所谓的姿态提起那些你认为"错误"的选择，以此来表明你的能力还很大。可是我们都不能预知未来，所以又谈何"错误"呢？

不要后悔做下的所有决定，虽然无力改变过去，但要勇敢刻画属于自己的未来呀。

去年生日写的祝词是一种愿景,可一年都过去了,能够得到的却依然寥寥无几。今年我就不写那些泛泛而谈的空话啦,比起连自己写出来都觉得心虚的祝福,还是劝告更多些。那些途经者早就忘记随手朝湖里丢去的石子,只有你还在惩罚自己似的一次次泛起涟漪。

我们又从零开始了,这次要记得用力地幸福。

爸爸妈妈想给你一个有意义的二十岁,旅行到现在你看了好多景色。爬山的时候你汗流浃背,逛古镇的时候你也兴致满满,为什么唯独在去小普陀看那片和海一样的湖时流眼泪呢?明明是漂亮的景色,却偏偏惹得你眼泛泪光,明明很美好,为什么你脑海里却总冒出想成为一滴水花,继而被严丝合缝拥抱住的想法?

你像有肌肉记忆一样习惯性悲伤,像是自困一样喜欢流眼泪的感觉。我知道你只是觉得孤独,你像渴求风的树木一样渴求拥抱,你急需一些温暖来挨过寒冬。能被你捡到的柴火太少,不足以让你长眠,于是你挣扎良久,疲惫不堪。

我不知道今生能不能有很多个温暖的拥抱,但多去看看世界吧,想哭就哭吧,没有人陪着就一个人吧。我知道很多东西你说不出来,也不知道和谁说,那就哭吧,放肆地流泪发泄吧。如此,悲伤也算是一种属于你的快乐。

请不要再去偷偷了解大家喜欢什么样的孩子了,你被否定了太多次,被擦掉改写了太多遍。你小心翼翼地做着大家的意见箱,把无论真实与否的建议都笑着收下,然后在晚上偷偷点燃一盏心火奋笔疾书地修改,可到头来依然好像没能被多少人喜欢,连你自己都不太喜欢。

请任性多一点，拘谨少一点吧。做你认为对的事情，那是你的人生，请你自己做主。做玫瑰也好，野草也罢，哪怕仅仅是一棵无名的老树也好。请多爱自己一点吧，请成为你想成为的一切。

亲近的人们看了你的文字总会忧心于你的心理状态，忧心于为何看起来那样幸福的你，文字中总是有一种不加掩饰的悲伤。你有属性奇怪的傲骨和野心，似乎只需要精神的支持，总是怠于行动。

请把野心实质化，请不要把二十岁活成迟暮。

我该称呼你为什么呢？

木戎、蛇牙、竹淮、73513号。你把自己分成好多份藏在每个名字下，把情绪撕裂成许多块分门别类地收好，以便查找。你其实没有那么介意苦难，更像是把它当成一个敲碎虚幻的逃生锤，你常常需要把它扩大，以便能在溺于梦境的时候清晰地感受到活着的一呼一吸。

于是今年你将存放每个自己的小盒子收好，一并放在那个叫"木辞山"的抽屉里。

人一生会有的不同的情绪，大抵也就这么多了。只是在年少的曲调中下了一场滂沱的雨，于是定下了流泪的基调。共情是你的天赋技能，悲伤是你的属性，那成了你永远能够通行的逃生出口。

所以亲爱的人们啊，请不要介意眼泪和沉默，那是属于你的涅槃之火。

请你快乐，也请你悲伤。

请自认为漂漂亮亮地，走进你的二十岁。

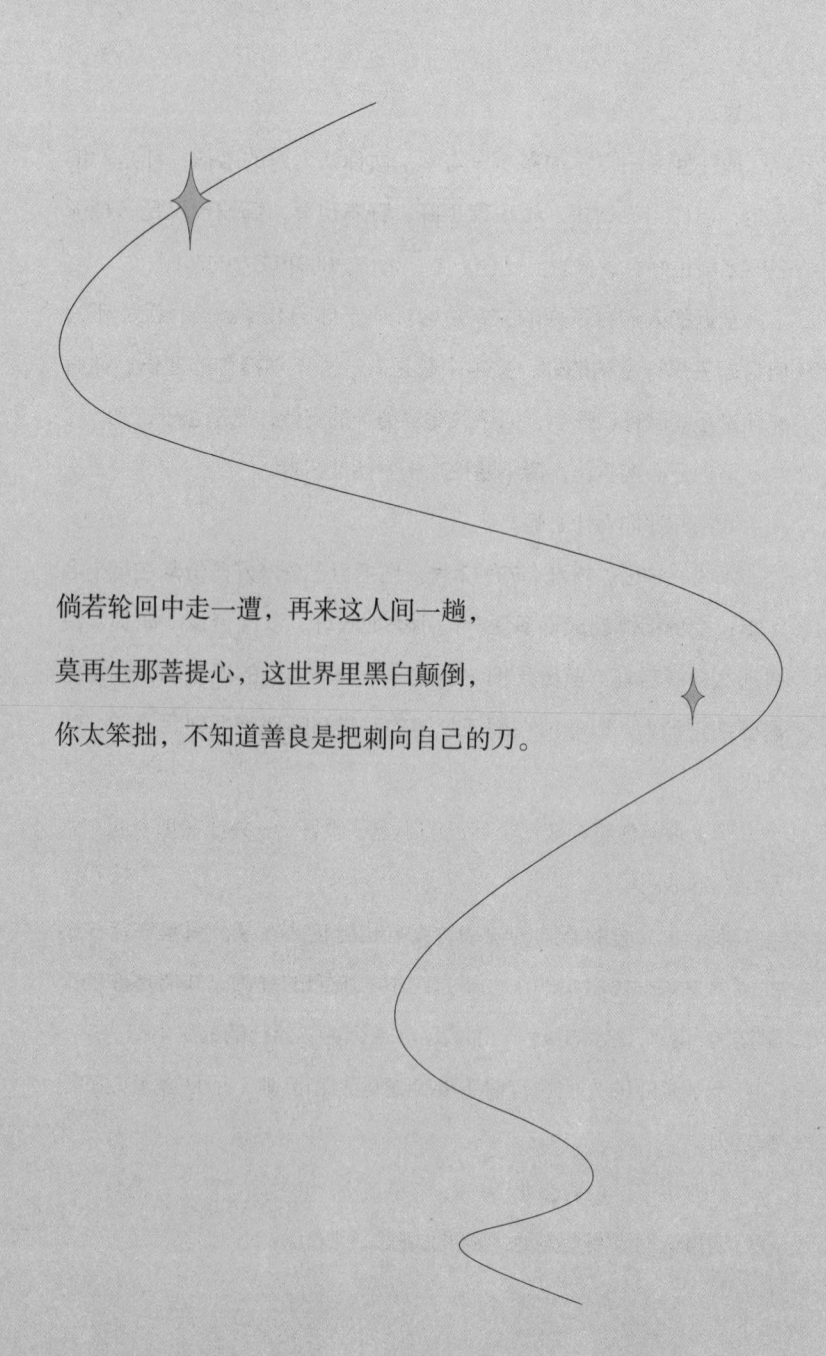

倘若轮回中走一遭,再来这人间一趟,

莫再生那菩提心,这世界里黑白颠倒,

你太笨拙,不知道善良是把刺向自己的刀。

辑二：唯有自渡

所有的文字
都洞穿我

在这个纷乱嘈杂的世界里，没有人能听见她的声音。

她见过大海了，在浴缸里。

蓝紫色的气泡，混杂着橙色的浴光灯散漫地洒下来，迷迷糊糊地发酵着，像是一个腐朽又足够绚丽的梦境，只需要放松着沉沦。不必思考明天，因为已经不想走完今天。

被迫遵从于本能从水里浮上来的时候，蜡烛正好燃到一半，湿淋淋的寿星端着小得可怜的蛋糕对着雾蒙蒙的镜子祝自己生日快乐。

手机上显示着很多个未接来电，都不是太重要的名字，索性一个也不回。她反复地点开某个聊天框，却连字都不敢打，生怕对面的人不经意间看见她名字那个地方变成"正在输入"。

所有人都一致认为没有人会不期待爱与被爱。所以每次聚会上在这个话题出现的时候，她就习惯性堆起礼貌的假笑，娴熟地装出一副认真聆听的样子。

在大家觉得有爱生活就如鱼得水的时代,她却像一尾溺死的鱼。

在二十岁生日这天,她彻底耗尽了爱人的能力。

她不是没试过自救,也不是没试过大声求救,可是在这个纷乱嘈杂的世界里,没有人能听见她的声音。她读网上"过来人"的经验,看心理医生,寻求亲人朋友的帮助,可大部分都治标不治本。自己的事故说得多了,再提起,总觉得像一个平凡到可笑的故事。

不明白自己为什么会为了那些现在看来不值一提的痛苦死在十几岁,也不明白自己是怎么扛着这些与日俱增的压力活到二十岁的。

她的青春长出了霉斑,任她如何打扫清理都没有消退的迹象。所有人都说"你不该痛苦,因为总有人比你更痛苦"。很长一段时间她都不知道该怎么面对自己的眼泪,可痛苦又哪来的该与不该呢?

天台的风很冷,吹得脸颊有被钝刀子划割的痛感,她因为恐高,所以没能跳下去。海很漂亮,可是沉下去的话晒不到太阳。她不想被困在寒冷彻骨的孤独里了,终究没能投身其中。有的时候她也会想,其实成为一堆燃后的灰烬也不错,至少也算热烈过。

她期待死亡大过于期待被爱,像是有一只不容置喙的大手,从平静的海面下突然破水而出,紧紧攥住了她的咽喉,把那些被压在最下面的回忆拖出来,逼着她睁大了双眼看。看他们的残忍,看她的狼狈不堪,而后把她丢进时间的陷阱里,无限次循环从高处跌落的那瞬间。

她恍惚听见那些惨痛的过往在耳边低语:"你逃不掉的。"

在很多个没能在脑海中留下痕迹的昨天里,死亡是最好的解药。

弱点被人看透,她忘了最不能相信人类的许诺,忘了真诚也可以是对方的面具,忘了自己不过是个被摔碎过很多次的瓷器,经不起多一次的颠簸了。

人生的大部分都被她冠以悲伤的姓名,即便有快乐,也会在结束之后被空荡内心里的回声吓到。她越来越不愿意呼救,也不愿意好转。她把自己埋进书里,假借故事的名义短暂地把所有舍弃,化成一篇文章里的短句。像是体验了别人生命中能遇见的繁花和春日,体验健康与崭新。

她提笔在日记本上写下:

"就像北海的冰雪怎能与南川的风相恋,

雪浪将过往打湿湮没,

请不要经过这片土地。

这里火星刚出生便会夭折,

所有的文字都洞穿我,

到头来都药石无医。"

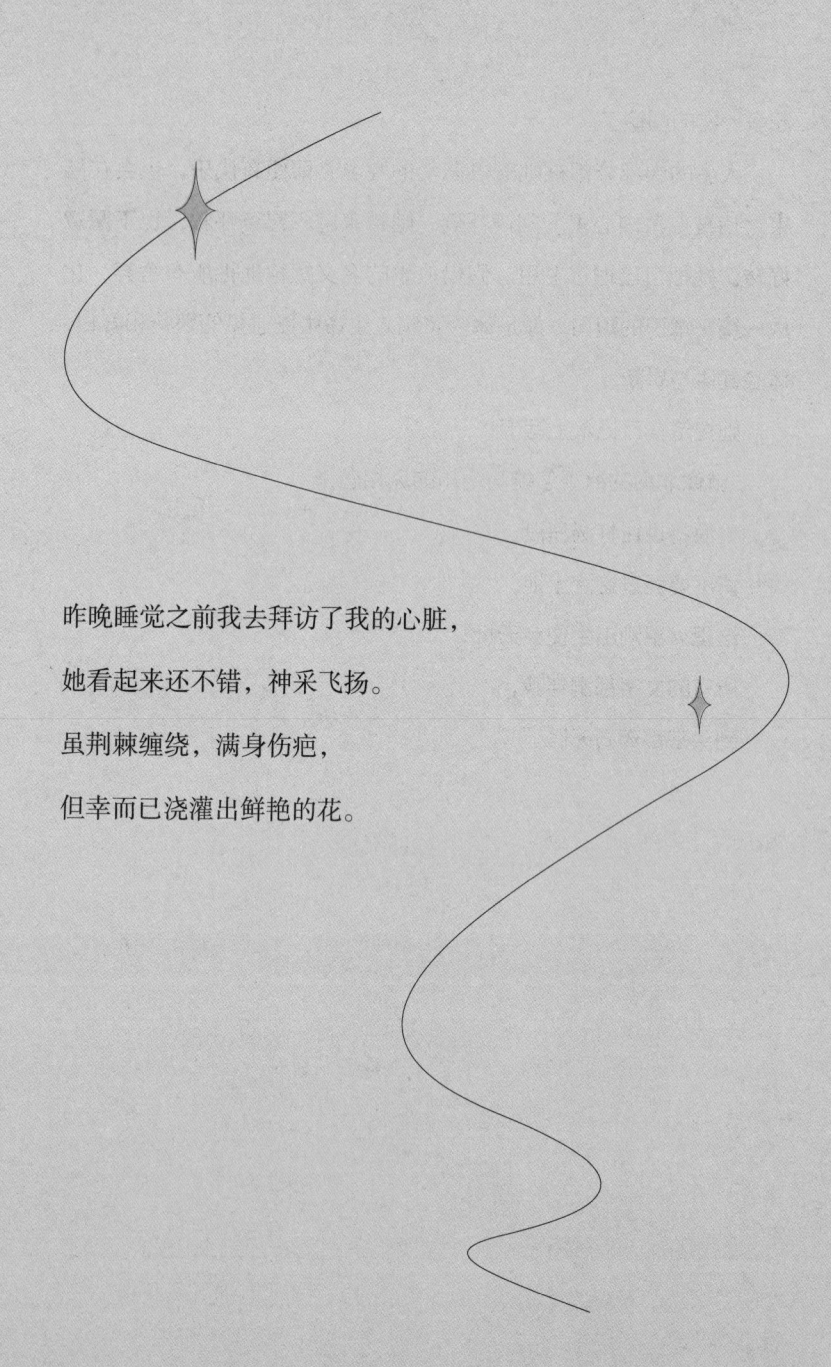

昨晚睡觉之前我去拜访了我的心脏，

她看起来还不错，神采飞扬。

虽荆棘缠绕，满身伤疤，

但幸而已浇灌出鲜艳的花。

祝你野蛮生长，斗志昂扬

> 世界喜欢符合规矩的千篇一律，可我只祝你成为你喜欢的自己。

因为不愿意变成一束长久被人赏玩的饰品，我这样原本娇柔的花，偏要迎着雪雨风暴往崖上生长。

即便花瓣伤痕累累，即便枝叶被划出汁水，可我的根扎得足够深。我要长在陡峭的悬崖边上，要去迎接朝阳，看明月初升。我要历经打磨仍然发出光亮，而不是受人把控，只能靠被给予勉强度日。

我要长出棱角，不怕流泪受伤。我这样原本娇弱的花啊，没有利刺只会被摘下。所以即便长出荆棘会疼痛非常，也好过被人拦腰折断，成为他人房间装饰里可有可无的一角。

比起期待会有人来治愈你，不如继续自我矛盾、自我纾解吧。

这一辈子要遇见的人太多了，很难保证那个能疗愈你的人真的存在。即便存在，也很难保证对方一定会来到你身边，会愿意包扎你的伤口，愿意亲吻你的额头。

不如继续当一朵野玫瑰，不是玫瑰也好，只要是按自己的轨迹生长的就好。继续在夜里和自己争论不休，继续去寻找属于自己的真理。去抗争去面对，去平和地接受所有缺点，即便没思虑周全，但仍一意孤行去走那决定好的路。

去做一个即便不被世俗认可也自觉漂亮的存在，做自己构建的世界中的执法者、守护者，做自己想成为的所有样子，哪怕不能被读懂，哪怕无法同他人明说。

哪怕是任由某部分的自己腐烂也没关系。变成落叶没关系，变成泥巴没关系，只要你还是你自己，就还能在泥巴里开出花，开出那朵无论漂亮与否，名为自己的花。

如此，哪怕死亡，哪怕永夜将至，哪怕太阳陨灭，哪怕下一秒就天崩地裂，至少你的花朵曾经绽放。你明白像我们这样固执的人，宁可逆着湍流走，也绝不放纵自己随波逐流。

我的心是荒野里低垂的云，它承载了太多苦痛，要去自己认定的远方，一意孤行。

往下深扎吧，把牢你自己的领地，别叫别人轻易侵袭。去长出利刺，长出环绕四周的荆棘，去破所有的海市蜃楼，去长出棱角，长成唯一，长成自己。

世界喜欢符合规矩的千篇一律，可我只祝你成为你喜欢的自己。祝你盛放，祝你流芳。

祝你得偿所愿，祝你永远野蛮生长，永远斗志昂扬。

辑二：唯有自渡

你把痛苦当成种子深埋，

长出树后摘下的叶子做成烟草。

看不太清你的神色，

只是好像听见你说爱我，

在吞云吐雾之间。

冰块做的钢琴在歌唱，

每一个音符都代表一分消亡。

我在你弹奏的指间解体，

遗书在角落晕成发霉般的一片片。

我们与蓬勃的春天无缘，

只是擦肩。

151

总有人能理解
小猫的薄情

> 我隐瞒，我痛得血肉模糊；我坦白，我伤得体无完肤。

总觉得在这个世界上大部分的人都病入膏肓，只是有的人没能感觉到。有的人感觉到了，却也无能为力，只能对自己的逐步消亡更加绝望。

有些伤口愈合得草率，夹杂着没能取出的时间碎片，于是那一方血肉被困在一个轮回里，不停地承受回忆的巨石碾压。它在我的生命里崎岖难行，又时常阵痛，像是一根永远扎在心里的刺，肉眼看不出来，却不得不为它掉眼泪。

虽然一直在努力成为无畏的人，但其实我算不得勇敢。即便鼓起勇气想要把那层黑布扯下，放到光明下叫那些始终缠绕我的污泥接受审判，我却还是怕努力被众人以"少不经事"的理由轻飘飘地拂过。我更怕那个人受不到指责和惩罚，反倒是我无故被蒙上残破脏污的盖头，嫁给一个困扰我多年的噩梦。

我总以为那些小时候无法言明的恐惧会过去的，不懂又深觉不恰的触摸和接近，蓄意谋划的独处，我对这些害怕到了极点，却不知该同谁诉说。即便鼓起勇气地说了，表达清晰了我受到的迫害，也被大人冠以敏感的罪名。

我隐瞒，我痛得血肉模糊，我坦白，我伤得体无完肤。

为什么他们能代替我认下那些莫须有的罪呢？

可惜妈妈收不回我的生命，就像说出口的话没有撤回修改的机会。发生在大于前一秒的事也始终无法挽回，我终究要被一些痛苦纠缠至死。明明说出口的时候是想要寻一份安慰，被赐予一颗糖时，却往往顺带塞了黄连还被捂着嘴。他们总是告诉我："没什么的，忘记就好了，都会过去的。"

忘记就好了。

所幸当初虽然未能有完整的思考体系，但我仍然没有变成畏缩胆怯的模样。我长大了，我拥有了自己的思想，它即便渺小，却能够在这片漆黑的夜幕里熠熠生辉。

我接受我的一切，接受好与不好，我做过的每一个决定，我热爱每一个时期的我，我能与自己和解。可我仍然忘不掉，仍然会为了年少的那场灾祸在某个瞬间胆寒。

我也很努力地让自己放下，很努力地不用别人的错来惩罚自己，我很努力地告诉自己我没有做错任何事。我值得所有美好的东西，即便一时无法得到，也会为之努力奋斗，可是我还是在想起那些某一个时刻感觉到的撕心裂肺的痛。

我从此再也没办法轻易爱上任何人。

我越来越不愿意爱人，越来越不愿意被别人爱。我害怕那种羁绊，甚至视之为一种负担，我害怕被牵挂，从而被制衡，被强硬地把我这摊烂泥塑造成他人想要看到的样子。我的爱情观很妥当，可我的爱情是一个敏感词，像是被烟头烫伤皮肤，早已在我的生命里立起一座座拦住春天的火山。

要是我是只小猫就好了。

不用太爱人，也会有人理解小猫的薄情。

我的余生还有好多有待完成的目标，或许我总能克服那些痛感，或者自己给自己手术祛疤，又或者遇见我的良药。且行且看吧，我还会有很漂亮的未来，虽然或许孤独，像是海面上的孤鸟仍未找到栖息地，但不必忧心，有的小猫最擅长流浪。

爱戴上永恒的面具，

假传神谕。

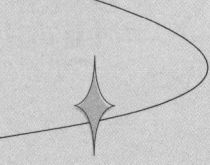

她的身上有靠近才能闻到的

果子腐烂的气息，

被强行掐头去尾的故事悲鸣，

以及心有不甘地哭泣。

我不要浮木和稻草了，

我只需要一片海，

或者一朵蓝色的火花和一个空房间。

只要被抽空氧气就好，

最好我们无力回天，同归于尽。

我要被很多的爱淹没，

一切止于窒息。

疯骨集

像我这样
一往无前的风

> 我要冲破无端的禁锢，即便拼尽自己的所有气力。

我不能安静下来，必须吵吵嚷嚷、风风火火地刮来刮去，像是得了多动症的风，吹皱了这汪春水，转头又要去揉乱绿柳的发型。

世界太大啦，像我这样小小的风，攀过一座山也要费些力气，更别提要吹到每个角落里。

可我这样的风呀，从不会放弃坚持自己的主意。暴雨会穿透我的身体，雷电会分割我的身形，可我还是会举着旗帜往前跑，口中喊着自己的墓志铭。

我非要理清所有的对不起和没关系，非要搅得这个刻板的世界不得安宁，非要冲破无端的禁锢，即便拼尽自己的所有气力。

世界会规划我的形状，指责我的身形，消磨我的意志。可我还是一往无前的风，注定不会停下脚步，注定就是要奔向山海，而不是成为任何一个可以被购买的猎奇物品。

我不知道我是不是唯一反着跑的风,所以我必须喧哗,我必须吵闹到把孤独吓跑,才不至于一静下来就能听见心中掉眼泪,不至于被一拥而上的孤寂吞没。

我这样吵闹的风呀,竟会怕叶落的声音。

疯骨集

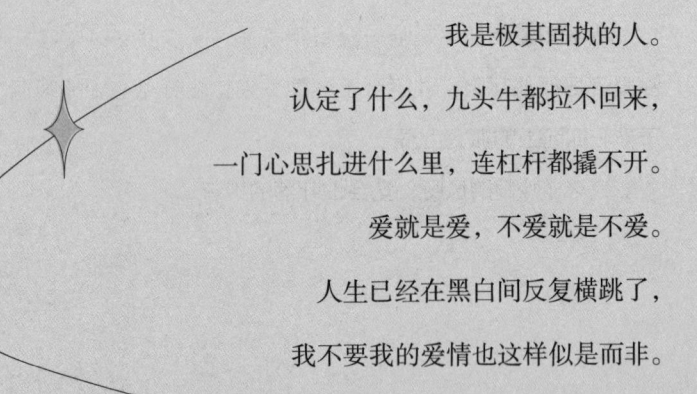

　　　　　　　　　　　　　我是极其固执的人。

　　　　　　　　　　认定了什么，九头牛都拉不回来，

　　　　　　　　一门心思扎进什么里，连杠杆都撬不开。

　　　　　　　　　　　爱就是爱，不爱就是不爱。

　　　　　　　　　　人生已经在黑白间反复横跳了，

　　　　　　　　　我不要我的爱情也这样似是而非。

我的喜欢不需要藏，也不需要隐晦。

一旦确定这就是爱了，就要昭告世界。

不是给爱人打上自己的标签，

只是很正式地向所有人介绍我的爱人——

遇见对方，是彼此的荣幸。

我给你明目张胆的爱，

也只想做你的偏爱和例外。

你是我的小王子，

我做你的红玫瑰。

辑二：**唯有自渡**

在每一个漫长的
良夜

> 我有惶恐不安的灵魂和居无定所的爱。

  我蜷缩着躺回黑夜的子宫，妄图寻找一份远离喧嚣的安宁。可痛苦伪装得体，轻而易举地登堂入室，在每一个漫长的良夜、每一个快乐的瞬间，带着它满身的利刺予我拥抱。它紧紧地、难舍难分地刺入我，可那确实是拥抱。

  我在无法被预测的时刻遭到温和的谋杀。日复一日，我被痛苦和无助拖进深渊里，被蒙住头，被迫窒息，被迫一遍一遍地看回忆里年少的自己死去。

  刺出伤口又慢慢愈合的感觉被放大百倍，我被揉皱，被踩踏，被撕扯成凌乱的模样。眼泪是痛苦的报酬，失控的下颌止不住地颤抖，喉咙战栗着挤作一团，想要发出声音，却谁也听不见。

  我其实害怕和所有不确定的事情形成确定的关系，我恐惧被无法完全触摸的事情捆住，哪怕我的行踪被确定，甚至还要我去昭告它的存在。

我固执地害怕被不安抓住，我逃避所有需要承诺的事情。我宁愿它们明码标价，而不是需要我用我那本就稀薄的爱去偿还。我拒绝承诺，因为我固执地言出必行。

所以请求你，倘若不是坦白的欢喜，不是坚定的选择，不是义无反顾，不是始终如一，就不要向我伸手。

我有惶恐不安的灵魂和居无定所的爱。

无数个黎明在半梦半醒之间夭折，过去是蹲在角落里的影子，窗帘上的丝线紧紧缠绕着，把每一寸光绞杀在房间之外。我在被子里溺水，醒来时不知今夕是何年。我对痛苦上瘾，甚至自讨苦吃，我试图摆脱它，却越陷越深。

除了歇斯底里就是气若游丝，即便没有观众我也努力抹干眼泪扯出笑容，像一个妆花了的小丑，明明狼狈极了还下意识地表演快乐。可看起来只有荒诞，我成为无法被治愈的模样。那些伤口疤痕，那些无数次日复一日的死亡和无法抗拒的重生，把我折磨得伤痕累累。我早就干涸，我早就在崖边跳舞，早就在自寻死路。

到头来也药石无医。

疯不得，死不起。

辑二：唯有自渡

我还是会无数次想起，

当年义无反顾决定孤身北上的那一天。

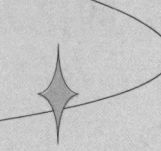

那是我第一次长久地离开家乡，

像是乳燕投林一般迫不及待。

寒风将常年萦绕在我骨头里的潮湿剔除，

我痛着大笑，

继而不可避免地爱上北方的冬。

干燥能让我清楚地感受割裂的痛，

这时才恍然，

自己还有活着的实感。

疯骨集

今天我又想去
迎接大海

> 我渴望回应你的关怀,却不愿意再靠近你的关怀。

今天见到了你之后,我突然想去迎接大海。

人本身就是矛盾的生物,嘴上天天嚷嚷着缺爱、渴望爱,等真的得到的时候又会莫名抗拒,长时间缺乏的东西一旦突然获得,就会产生一种可笑的虚幻感。

时隔五六年的第一次见面,酒桌上觥筹交错,人们被酒精占据大脑,眼前的一切都变得过分喧嚣。我明明没喝酒,却看见他们身体里钻出炫彩的触手,像某种难以言明的异次元生物一样交缠触碰。思绪像被割断绳索的氢气球,身体却恍若有千斤般被地心引力生生往下拽。

明明似乎是期待极了见面的,为什么在把准备好的礼物给你之后,却满心都是想要逃离?

我的身体被各种奇诡的梦境占领,我无法再像从前一样轻松地融入任何一个人类群体。为了不被人发觉我的异常，我常常需要把灵魂的尾巴绑在桌角，好叫我能隔着一段距离掩饰，端正地坐在椅子上笑着回答人们的问题。可是你会靠近我，像某种温和的光一样，温和又给人安稳的滋味。

可是一直被黑暗浸润的眼睛是受不住任何一道光的。就像是生病时咳得喉咙嘶哑，绝不是他人一句"多喝热水"就能治愈的。我身上有雪落的痕迹，冬天埋在我的身体里，难以被拯救的是我的二分之一。

我渴望回应你的关怀，却不愿意再靠近你的关怀。

不仅仅是拘于口舌上的赞扬，也不苛求多么隆重的礼物，我的的确确在被人认真关心。可是，我不明白我为什么值得被爱。

我好害怕被爱，害怕到有了一点点爱就想到处炫耀时刻把玩，以证明这并非我的一场虚妄幻想。我又会害怕自己其实并不能配得上这份喜欢，也时常惊惧于一份喜欢的深浅。

我害怕见你，害怕讲话，害怕参与聚会，害怕和你出去游玩。

我的"超我"体验卡使用时长不多，还总有时限规定。等辛德瑞拉的钟声一响，我并不会是那个变成公主的漂亮姑娘，我只是一个皱巴巴委屈胆怯的小怪物，躲在墙角流着莫名其妙的眼泪，还强装凶狠地龇牙咧嘴。

我总害怕我不再是你喜欢的那个我了。

距离远时我尚且有时间伪装，一旦要和你见面，和你一起并肩走在路上，我就总会畏缩。我生怕失去打光和包装的我会暴露身上纵横的疤痕，你会看见我角落里沾满眼泪的枕头，看见我犹疑不安。

人们总说难过的时候哭出来就好了，可是眼泪对我来说只是渴望悲伤时的助燃品，等真正的悲伤席卷而来的时候，我凝不出一滴眼泪。我干涸得可怕，甚至生出许多裂痕，它们像蛛丝网一样遍布我，分割我，再以黄沙填埋我。

我是寻不到出路的死水，是在海上迷航寻不到落脚点的鸥鸟，我是迷失在丛林里无以归家的骸骨，我学不会从容地消解悲伤。

对不起，我一次次地逃避。

今晚见了你之后，我突然就想趁着花开满怀，尚未来得及枯萎的时候去迎接大海。

树的心跳在鸣笛声中显得微不足道，

叶子的相聚被迫遵守扫帚的纪律，

枝丫也被剥夺自由的权利。

人们可以是水泥，是钢筋，

是被安排好的流水线产品，

却不再那么需要绿色的生命，

也很少去感受世界的美意。

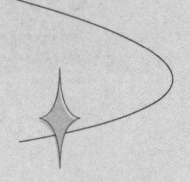

只有我像是旧时代的残骸，

破败又古老，守旧又布满尘埃。

风是我的血肉，灵魂也长出羽翼，

我的土地里培育的是慢吞吞的爱情。

我是挣脱世界枷锁的逃犯，

在人迹罕至的小路上高歌一曲，

心里满是风与叶的和鸣。

我是森林的遗孤，是自由的肋骨，

是不被定义的无数个无数。

我与自己
周旋已久

> 不要躲避任何一场出现在你生命中的遗憾。

说起来已有许久未曾与你通信,我像是被时间抽着走的陀螺,转得飞快。自己的方向和终点都是未知的,说到底也只有供人赏玩。

每天都忙得晕头转向,我压根没有机会停下脚步抬头去看北京的晚霞,在路上遇见熟悉的人时也会被疲倦压得开不了口打招呼。似乎无论清闲与否,我始终与人群有着不同的密度,我始终无法融入,无法妥善地混迹其中。

虽然没有忙到无暇顾及能够决定自己往后人生旅程的事,但我仍然感到迷茫,仍然对自己的决定感到没有底气,也的确找不到更好的解决方法。

我又像是被团成一团扔进洗衣机里的衣服,被裹挟着飞速旋转,到头来取出时怎么掸都还是皱皱巴巴的一团。

我偶尔停下脚步的时候,恍惚间也会思考人生的意义究竟是什么，但基本上这样的思索都无功而返，谁能预料到未来呢？人生有可能就骤然终结在下一秒。

最近虽然感到疲惫，某种程度上我又是享受疲惫的。比起日复一日在床上躺着虚度光阴，四处奔波倒是能让我真真切切地触碰到"活着"这个词。忙起来也会少想很多东西，但弊端也蛮明显的。最忙碌的时候我看世界是哪里都不太漂亮，哪里都不太值得被爱，我写不出任何东西，也不想写任何东西，快乐很少来敲门，悲伤的情绪也没有力气酝酿。

好奇怪，人真难伺候，不能太闲也不能太忙。

节假日时，我给自己安排了一些小活动，去看看画展，去买因为各种事情耽误了而一直没买的长笛，去踏青，去一个有趣的市集感受烟火气。但更多的时间，我还是打算放空思绪躺在床上一整天，把骨头都躺软了，若是整个人都融化在床上就最好不过。

大家都在抢回家或者出去玩的车票，只有我终于能够享受一些没人分享的有限氧气。

我也没答应妈妈让我回家的邀请。

我迫切地需要属于我一个人的时间——不被任何任务占据，我只需要娱乐自己。

可是想法固然美好，我仍然要忍痛腾出一点假期的时间去处理我堆积如山的 deadline。倘若它真的是终结之期也好，如此我便不能反复复活，倒是可以一劳永逸。

前些日子我总和朋友提起时间的飞逝，总觉得自己并不是二十岁的年纪，至少不该是。

生活拔苗助长，有的苗被拔得太狠，刹车失灵般地撞向死亡的终点；有的苗尚且苟延残喘，却无法太快适应骤然拔高的视线。当然也有的苗顺应时代地茁壮成长，只是可惜我是苟活的那一例，在时间的洪流中无依无靠，倒是会些游泳的技术，却终究抵不过他人扬起的帆。

你的近况如何呢？

歌单里还是躺着风格乱七八糟的歌吗？还是喜欢在阴天戴着耳机去海边吹一天的风吗？还是晚上睡不着，白天起不来吗？还是困囿于那些晦涩的过往，不愿接纳任何一道光吗？

你的名字是太阳、月亮的光晕的意思，所以不愿意被他人闯入自己的世界也没关系，你本身就是光，不需要被照亮。

我也还记得，你惯会掩耳盗铃，自欺欺人。

你总说自己不遗憾，却总是不可避免地留有遗憾。你把它们偷偷地往桌子下面塞着，看都不看一眼地胡乱藏进昏暗的角落，维持着洒脱的体面。可不被整理妥当的遗憾堆叠成山，终有一日会轰然倒塌，带着不被重视的怨气恶狠狠地砸向你的脚面。

不要躲避任何一场出现在你生命中的遗憾。不被妥善处理的污渍会永远留在白衬衫上，即便再微小，也会因为颜色不同而颇为醒目。不如把遗憾整理好，能弥补的及时弥补，无法填埋的就寻办法去改善，或者只是直面它，去接受那个醒目的点。

人的一生要遇见太多的遗憾和劫难了，不是每次都会有救命稻草，也不是每次都会恰好有来送火的东风。

我们穷尽一生不过是为了满足自己，成为自己。被划伤了手掌就去包扎，遮遮掩掩地握成拳头只会叫伤口恶化。

我们不可能每次都能被别人营救，众生皆苦，唯有自渡。

辑二：唯有自渡

回忆沉缓地倒退着，

　　像是一种哽咽。

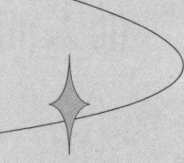

回收站的永久删除失了效，

那个青春帽檐下的脸早已模糊不清，

但凑近了还能看见干涸的眼眶下

条条斑驳的泪痕。

怎么能跨过时间去拥抱

　　墙角蜷缩的影子？

"人间奋力将我打磨，

　　却从未问过我是否想要成为珍珠。"

我们并不为
他人而活

> 他们给女孩的东西很少，却要女孩出价高。

我所做的一切的出发点都是取悦自己。我会愿意支付时间去化个精致的妆，哪怕只是去图书馆与习题奋战一天；我也会同懒惰妥协，不顾形象地乱七八糟。我时常劝诫自己不要被任何形容词禁锢，它们是来装点我的，而非控制我。

世界好无趣，女孩被困在世俗的眼光里，这眼光的源头有男有女。

他们会说，你这样穿不行，会被坏人盯上；他们会说，藏起你稍微高耸的胸膛，不要把它们勒出形状；他们要女孩贤惠居家，又要她们身披荣光，好让他们在酒桌上炫耀；他们还要女孩在家里贤惠，在家外端庄。

女孩必须对性闭口不言，对初次视若珍宝。要她们站在笼中，却还要她们做会歌唱的鸟。要她们努力，却不能给她们与男性同等的回报。

他们给女孩的东西很少，却要女孩出价高。

"可你是个女孩。"

他们这样，带着或高高在上，或怜悯贬低，或同情，或不屑地对我们说："可是你是个女孩。"

我喜欢穿紧身的衣服，也喜欢穿宽大的T恤，我被问过为什么不把自己发育过好的地方藏起来，我面对着调笑很平静地说："没必要。"

亲爱的朋友，只要你自己不把自己物化，就没有人能随意评审你。你是世界洪流马拉松的参赛者，并不是一个参赛作品，比起所有无法在死亡时被你带走的东西，你只需要坚定地做你自己。

我足够爱自己就好了，我打扮给自己看，以漂亮的全新面貌去迎接每一天的生活，我为此感到开心，就足够了。别人怎么想，如何评价，都与我无关。

我并不是为了他们而活。

尽管我不得不承认有些潜藏的歧视是无法被轻易改变的，我也并不会因此就厌恶所有男性或者共情所有女性，我只是想说，我是女孩，但我也是我。

我们可以有自己的路，也不会离开男性就不能活。爱情不是必需品，在我找到完整的我的路上，倘若遇见志同道合者，我们当欣然同行。若无缘相见，我便只愿奔赴我最想去的终点。

比起看别的花，和别人一起走一条陌生的路，我需要先在乎自己的航程，先在乎自己漂亮。

疯骨集

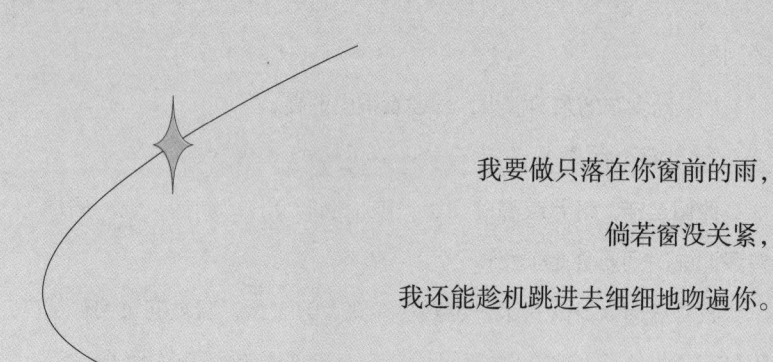

　　　　　　　　　我要做只落在你窗前的雨，
　　　　　　　　　　　倘若窗没关紧，
　　　　　　　　　我还能趁机跳进去细细地吻遍你。

我想做独一无二的玫瑰，
长在光与暗的交界里，
根往下深扎，一直到面见地狱。
我要做孤本，要做残篇，

我要被珍而重之，但无法被彻底占有，
能拥有我的只有自己。
我想在海边追影子，
等夜幕降临时和它融为一体。

辑二：**唯有自渡**

离开人群
也不孤独

不是一定要在人群中才算不孤独。

从前有个小怪物想当人。

可是它学不会人类口中的得体，连难过都要权衡利弊，它只会程序化地笑，尽管那已经是很久以前他们说过好看的样子。

小怪物喜欢穿大大的空荡荡的衣服，喜欢把手揣在兜兜里，或者缩在袖子里，那种蜷缩起来能把自己全包起来的衣服最合它的心意。

它没有家可以回，也没有人在等待。

皱皱巴巴是小怪物世界里的褒义词，它喜欢每个人身上各不相同的褶皱，像生命奇妙又神秘的特殊符号。可是没有人能听懂理解一个小怪物的审美，它披上了人的外衣，却还是被当成异类。它是个笨孩子，一次次地被揉皱，像传单一样被随手丢掉；又被一次次摊平了展示给它喜欢的人看，可是没有人会真的喜欢一颗小怪物的心。

它的心被拿去关在玻璃展柜里，被照灯日夜监视，被围观、被评价，被迫要去接受无数个黑漆漆的镜头、惨白的闪光灯和意味不明的眼睛，却还要被告知，这就是爱意。

小怪物好想哭，又不知道该不该哭。它习惯了指责自己，而非质疑别人。

可是笨拙的小怪物，渴望爱的小怪物，想交朋友的小怪物啊，人间真的值得来这一趟吗？

所有人都找到了自己的句号，不必再长途跋涉、风吹日晒了，所有人都在爱里变得漂亮，或者在爱自己的过程中变得漂亮了。只有你还是一个永不停歇的逗号，蹒跚着路过每一段文字，却因为语境被随意舍弃，被迫钻进一本又一本的书里，假装听懂、热情附和那些读不懂的段落。

可是你始终成为不了一个至关重要的停顿，也遇不见一个属于自己的终点。

小怪物，觉得人间不漂亮的时候，就去看看世界吧。

风会拥抱你，树林会给你唱歌，雨会为你洗去浮尘，日光会温暖你，月亮会安慰你，难过时晨雾会陪你一起流泪，开心时晚霞能伴你起舞。

你看呀，不是一定要在人群中才算不孤独。

海会带你踏上冒险的旅途，而山会成为你的归宿。

我总是不够开心，

总是像从水里捞出来的衣服一样湿淋淋，

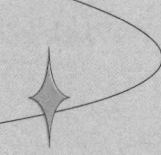

总是提不起劲。

我是春天的暮色，

是山青万里时躲躲藏藏的秋意，

是夏日的不值得。

无论阴晴我都打伞，好坏善恶全一人担。

冬天贯穿我的身体，我也逐渐习惯说别离。

我坐高台，也会落尘埃。

大部分人都
永远无法自由

> 请祝我永远不会失去流泪的能力。

我的朋友，我没有在祝福声中长大。

我们是小学时写在田字格里的字，纵横交错，却被规定好骨架长势。于是我蔓延的枝芽被条例贯穿，被红笔纠错圈出，被斩首示众。

我也不理解为什么少年和成年之间的界限那么短，短到只有那一个轻飘飘的十八岁生日。那一天和任何一天都没有任何区别，却要我们骤然背负起成人的担子，叫我们不敢再轻易抬头去找自己曾经想去的远方。

在被要求用几段话去概括我的青春时，我一时哑口无言。我们像是钢索上的铁球，随着时间的起伏滚动，可等到我们习惯于不必抬头看路，只管被推着前进的生活时，却突然被告知需要自己选择走向，而前路未明。

于是我感到不安。那种大肆宣扬的自由并不像是奖品，倒给人一种不怀好意的试探——你是要迷失在这样所谓无拘无束的短暂生活里，还是打起精神警惕地向前路探寻？

我们从小就被界定好了路线，我的根系稳固了我的生命，却也决定了我的位置。

我们被赋予生命，被划入人类这个群体，我们大部分都永远无法自由。

在被路上的枯枝使坏绊倒，摔得鲜血淋漓时，我不是没挣扎过。可是所有的哭喊和痛呼，在别人看来都像是玻璃罩子里的一场默剧，观众有人皱眉叹息，深感嫌恶，有人捧腹大笑，称赞荒谬。

我所有能被呐喊出来的苦痛都被当作玩笑，就像是有顽童在街边嬉笑打闹，没有人在乎那会是一株草的灭顶之灾。

我筋疲力尽，我开始缄口不言，

我学会沉默着抽条，沉默着接受制度的管束和时间的鞭挞。

我违心地妥协，在白天躲着无用的太阳走，又在夜里看着月亮掉眼泪。

掉眼泪没什么不好的，那并不是懦弱的证明。我尚能与世界共情，尚能拥有悲伤的情绪，不至于被周遭的冷漠刺伤。一滴泪里有一个我，我的朋友，请祝我永远不会失去流泪的能力。因为倘若哪天我都眼眶干涸，我就失去所有的我了。

我不避讳我的伤痕，也不愿意愈合，不愿意被夹在厚重的什么中间，变成平滑的纸张。我热爱我的褶皱，像我坚定地爱自己一样。

我不是一件能被晒干的衣服，我身上始终留有抗争的痕迹。可我不怨世界和时间，不怨所谓恰当的时机没有落在我的头上，不怨曾做出的每一个决定。

我已经见过了雪，也吹过南方湿润的风。我在常青的绿叶里舞蹈过，也踩过层层叠叠的枯黄。我哭泣时有被窝给我抹眼泪，我开心时也有镜子陪我欢笑。有前人把时间压缩进字词间供我览遍，也有永远拥有灵魂的音乐伴我歌唱。

　　我不算孤独，我知足。

　　我明白人与人之间本就不可以存有太多期待，没有人能在自己的人生里和别人拿并列第一名。所以我做我自己的参赛者，做我自己的播报员。

　　我是我自己人生中的颁奖嘉宾。

你带给我的痛苦大于快乐。

固然予了我难见的美景,

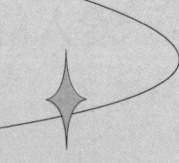

可今时的晚霞太过热烈,

一把火烧尽了晚上的星星。

化作点点白雪飘洒而下,

天黑了,只剩我一人白头。

"天快亮吧。"

疯骨集

我们都高估了自己
爱人的能力

> 与其鲜血淋漓地扣着掌心,过去的不如就让它留在过去。

我后来很少再想起他。

还算是青少年的时候,总还是会对爱情这种东西抱有莫大的幻想。幻想大于现实许多倍的那种,似乎脑子里装了一个言情文的小剧场,一旦有些苗头就会自己开始放 You Are My Destiny(《你是我的命运》)的 BGM,再撒点小烟花和粉红泡泡,好像这样就遇见了此生的命中注定。

说到底那些青春期的爱恋大多都是自我迷恋的产物。

还没走出固定的六科考试,就以为自己已经找到了全世界。靠着那点在书和电视里积攒的世界观,天真又无畏地想确定好一个终点,却没想到不过是同船而行,哪有那么容易遇见一个人陪你地老天荒,又哪有那么轻易就能保证有人会爱你到老。

我们都高估了自己爱别人的能力。

日记本上写过许多次我要爱谁谁谁一辈子,每次写下这句话的时候都会欲盖弥彰地把之前写过的名字划掉,或者更决绝地把那一整页都撕掉。朋友圈设置成私密,或是直接删除,好像这样就能否定他曾来过的痕迹。

我突然就意识到,我没有多坦然地接受过那个曾经喜欢过别人的自己。我不留余地地抹除爱过的证明,好像这样就能反证我现在的爱的坚定与唯一。

被故事里纯洁又美好的爱情"荼毒"久了,有时候就会下意识地回避"我只爱你"的问题,却还是期望从当下的爱人的口中听到这句。

其实我都清楚那不太可能是真话,只是爱情的某些时候是不需要证明过程的,在热恋期里,只要你说,我都会心甘情愿地信。

我像是住在阁楼上不常露面的女巫,嘴上说着不相信,却还是会偶尔假装"不小心"喝下爱情的毒药。等爱过了、痛过了、清醒了再皱着眉唾弃,心里如何翻江倒海,也要嘴硬着说不可惜。

我爱人向来像是在爱自己。那些有他在的回忆里,我也有些分不清到底是在怀念他还是留恋那个时候的自己。爱其实是我一个人的游戏。我只身入局,你是否愿意参演我不介意,大不了自己做个写情节的编剧罢了,爱是我一个人需要回答的问题。

可我也没法爱得太尽兴。

我没办法允许自己糟蹋任何一颗心,也没办法沉默着欠任何人一句对不起。

"我不后悔。"无数次有人问起为什么没和他在一起,我都这样坚定地回答。后悔就像是面对陌生的题，急得抓心挠肺却没有一点出路，反而耽搁了解决后面会做的题目。我们永远都抓不住昨天，与其鲜血淋漓地扣着掌心，过去的不如就让它留在过去。

曾经的爱人就该永远活在曾经。

睁开眼睛的时候看见,
破旧的童话书上,立着个跛了脚的容器。
绚丽的魔法药水干涸,
结成锅炉的痂。
大风把铃铛闹得吱哇乱叫,
戴黑帽子的邮差把木门敲响,当头一棒。

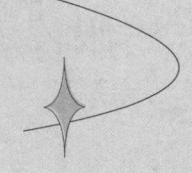

眼皮上落了一座山,
我被幻境的浪抛起又打下。
我看见泥沼里,春天在排队消失。
有人的胸腔透明,七彩的气球绑在心上。
我听见他眼睛里的汽笛,
当我望向他的时候。

顷刻我又坐在一望无际的草原上,
与肩膀一般高的草围在我身旁。
在这里,起飞需要像飞机一样助跑,
还常常会掉在地上。
我长出翅膀,却仍然恐高。

闹铃是回魂钟,
刚结束一夜的探索,
又要筋疲力尽地奔赴早课的战场。

亲爱的,梦像老鼠一样,
贪婪地啃食着我这块奶酪。

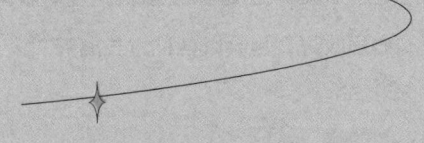

妈妈，我瞒着你的白头发假装是在喜极而泣

> 爱对我来说就是稀缺品，
> 即便被我费尽心思收好，也会以各种方式离开。

妈妈，我是临期食品，我的白细胞失去活力，一万个春天涌进我的身体，可我仍然枯萎，无法正常呼吸。

我总是告诉你没关系，所有的都会过去。我已经痊愈，也时常在情绪低迷的文章结尾感叹幸存的幸运。我努力模仿完好的模样，借厚重的衣物遮掩消不去的裂痕。我用力微笑，用力开心，可是眼泪仍然会在不被察觉的时候悄然滑落。妈妈，我骗过自己，却没办法一直骗自己。

妈妈，我好像擅长疼痛。我很认真地把人生中收到的糖存在寻到的漂亮罐子里，但它们要么在苦涩的海水中被侵蚀殆尽，要么被时间偷走，恶意地模糊了那段记忆。到头来连瓶底都铺不满，就连看久了也会从心底生起一股悲哀。爱对我来说就是稀缺品，即便被我费尽心思收好，也会以各种方式离开。

过去我总以为有的疼痛解决起来是一劳永逸的。可是痛苦就像寄生虫，它要么把我吞噬殆尽，要么成为我。妈妈，我不是讳疾忌医的笨蛋，我寻了很多种良药偏方想要根治自己的毛病，甚至能够说服自己相信，所有的变化都只是因为成长，所有仍然能被察觉的疼痛不过是生长的痕迹。我早已抛下所有的污泥大步向前走去。

前些日子我同朋友讲起我其实恐惧与人相处，她却说我明明很活泼，这像是有警钟在我的脑海中长鸣。我突然就很想掉眼泪，无论把头歪到哪个角度都无法阻止它的倾泻。妈妈，我失去了被爱的能力。我恐惧被我想爱的人施以善意，因为我明确地知道那是真的爱，是可以被我抱在怀里的太阳，是不必忧心暗藏杀机的礼物。可我明知道这些，却仍然没有拥抱它们的勇气。

妈妈，我木讷又消极，所有展现出来的阳光积极都是在消耗生命。我收到爱要说谢谢，收到一颗糖要说谢谢，对命运用小石子整蛊我的行为也会说谢谢。妈妈，我无法接受别人的爱了，所有的爱都是我带不走的东西，我无法说服自己相信它们不会从我的身上流去。

好像很久以前的那个晚上，街上灯光昏黄，黑黢黢的走廊像是没关上盖子的骨灰盒，风划过之前我浑身已经接连打了几次寒战，有只笨蝴蝶学飞蛾扑火地蹒跚到尽头，撞在了这个世界它能感受到的最后暖意的玻璃罩外面。好像那个夜晚，真的有人没回来，但也有人没敢跳下去。

妈妈，我其实真的很想像个健康的孩子一样开心，可我是一条溺水的鱼，即便进化出了四肢，却还是需要回到海里。我大口大口地呼吸，像是喉咙被塞了一个漏斗，只有万分之一的可能进去救我的命。

妈妈,我的天空没有星星。你看见的那些漂亮的极光是我从书里看的,从海里捞出的,我是个小心翼翼撒谎的坏小孩。我的梦境杂乱无章,大多是在逃亡,我成为不了一朵云或者只是一只鸟,我被无数看不见的东西捆绑,沉沉地坠在地上。

妈妈,我瞒着你的白头发假装是在喜极而泣,却在心底说了一万句对不起。

其实没表现出多难过的样子,

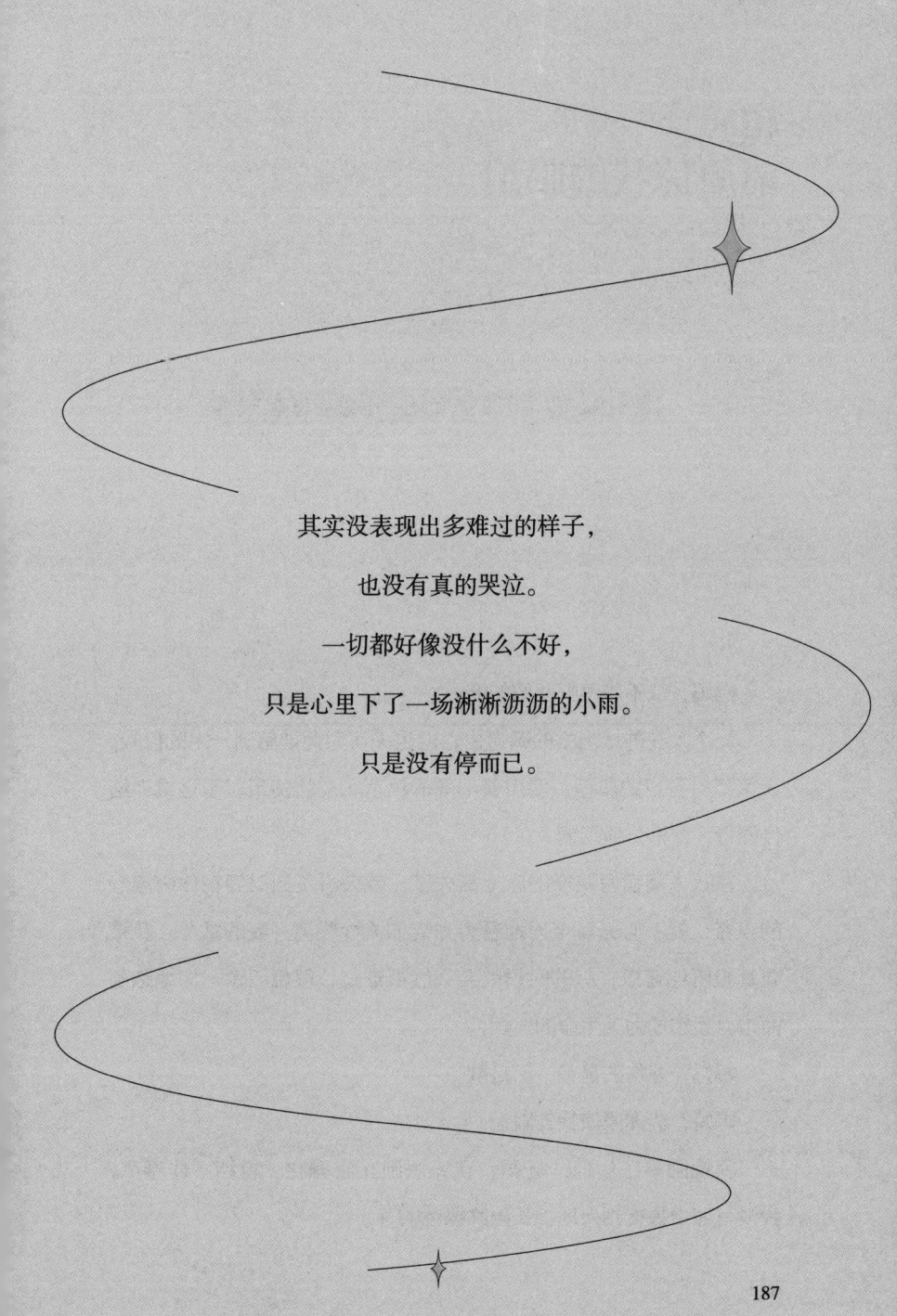

也没有真的哭泣。

一切都好像没什么不好,

只是心里下了一场淅淅沥沥的小雨。

只是没有停而已。

妈妈，
请原谅我的眼泪

> 除了你，没有人会想要救一个寒冷的冬天。

妈妈，我不想再听悲伤的歌。

一个人在外地上学的确自由，但也无可避免地感到一定的孤寂。大家都有各自的航程，使用着不同的语言和交流货币，于是或许结伴同行，或许分道扬镳。

在八人间宿舍狭窄的床上窝久了，就会听不到时间在体内流淌的声音，就不必无可奈何地看着光阴如流沙般离开我的掌心。我戴着耳机听纯音乐，有的时候就会突然很难过，很想不顾一切地跑到海边，很想成为无生命的一切。

妈妈，悲伤的是我，不是歌。

妈妈，请你原谅我的眼泪。

我挽回不了任何一场雪，我无法阻止它融化。也挡不住春风，我没有理由去批判大地上长出鲜绿色的芽。

我不乐意开花，也学不会结漂亮的果子，我永远疲惫，还常常喜欢躲在昏暗的角落里，掉一些莫名其妙的眼泪。

妈妈，除了你，没有人会想要救一个寒冷的冬天。

我很喜欢存一些无用的东西，兴高采烈地把它们放到漂亮的盒子里收存好，幻想着我的人生中有朝一日会有一个属于它们的位置。

可是妈妈，无用的东西只会越来越多，而我也很少会再在需要的时候想起它们——毕竟"崭新"这个词总能更引人注意。

妈妈，偶尔我会觉得自己像是被世界创造出来的那部分无用的东西。很难说完全没有价值，但的确在那些能被展示的地方，哪里都没有我的位置。

比起小时候，我变了很多。这说不上是好是坏，毕竟长大就是舍弃自己、创造自己的过程。有一小半的我变成雪花，在落地之前死掉，还有一点点的我落在枝丫上改头换面假装成露水，更多的我堆在地上，成为人们行走的负累。

妈妈，请原谅我笔下的悲观主义，我向往所有晦涩的形容，又饮鸩止渴一样地痴迷悲剧。

但请相信，我会很认真地活着。

这个世界明暗交织，即便是太极也有阴阳两卦，有的花儿向阳，所以也请允许有的植物喜阴。即便不太爱晒太阳，我仍在努力生长。

妈妈，我穷极一生都走不出多远，眼界的开拓却没有足够的能力匹配，于是倒像是明明知道远方很美，却始终走不到那个金光灿灿的终点。

在外上学和你打电话，总说不了什么，无非是"今天天冷添衣""吃过饭了没""哦哦，好忙""今天就先不说啦"等等。

妈妈,我总是今天就先不说了,到头来越发觉得也没有哪天是能说的。我疲于开口,也恐怕你会因此焦虑难过。

在离家近时我也很少说自己的不安与难过,你总能敏锐地察觉,然后给我一个暖暖的拥抱。离得远了,我倒是更难把那些不安说出口,生怕那些自己都无力摆平的曲折会扰得你彻夜难眠——你总是比我想得多些,忧虑得深些。

妈妈,其实我一切都好,想你的时候不算多,难过的时候也不多,迷茫的事情倒也最终能够得以解决,偶尔也会愤世嫉俗地偷偷辱骂一下世界。

所以也不必提起让你徒添烦恼,其实我真的一切都挺好的。

妈妈,下辈子我想当一座山,或者仅仅是一片海市蜃楼。

不需要成为谁心中的谁,也不必期待着成为谁心中的谁,不需要被爱,也不需要爱。

哎呀,说的玩笑话。

下辈子还是好想和你见面啊,妈妈。

不要勉强自己去做世界喜欢的孩子,

你的灵魂已足够滚烫。

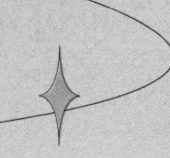

尽管你试图否认自己,试图远离人群,

但亲爱的,别灰心,

不是所有的花都理应盛放。

如若你仍觉这前路漫漫,长夜难明,

我会永远在这为你举起一盏灯。

妈妈，
难过本就不需要避讳

> 我只是不小心在青春启航的时候选中了一艘泰坦尼克号。

音响略略震颤着，音乐像空气一样填满了整个房间，我闭上眼睛，给自己造了一场雨。

太阳升起之前，雾是清晨偷偷掉的眼泪。有鸟儿一头扎破秋天，树木上的果子悉数落下，或被人拾起，或化为尘泥。

妈妈，我时常害怕我爱的世界不是你所熟知的样子，害怕你惊恐于那被我用眼泪和鲜血养大的玫瑰，害怕你难过自责。为什么你明明很努力地栽培，我却仍然不是传统意义上足够灿烂的小孩？我害怕我字里行间的酸涩让你难堪，害怕宣泄用的悲伤和苦痛变成刺向你双眸的刀剑。

妈妈，我没能摆脱影子，我去不了天堂。

我无可避免地沾染上悲伤的瘾，即便众人都视之为砒霜，我却将其作为疗愈过往的良药。以前总看到一些言论谈及长大就是要舍弃一部分的自己,那时的不以为意却化作一颗子弹贯穿我的青春。我不得已为了能够存活,强忍疼痛地割舍了一部分自己。

我原先以为哪有什么过不去的坎,即便现在往回看时,也觉得当初被那么一块小石头绊住的我属实笨拙。可在那时,我的确不得其法,我只是不小心在青春启航的时候选中了一艘泰坦尼克号,那样的暗礁,我避无可避,也无路可逃。

那时望不见未来,连一丝一毫的光亮都挤不出乌云的包围。我一步都迈不开,像是被掰开喉咙灌满了月光,又被绳子缚紧,坠入了一片海。

妈妈,因为在年少时淋了一场滂沱的雨,上了一艘注定会沉的船,于是某部分的我永远沉没。所幸我切了一小块海做心脏,才得以获救。如此,悲伤只不过是它的海浪,这实属平常。

前几天收到一条私信,问我为什么要总写些难过的事情,也总是有人好奇我过得如何。我过得很好,一直都记得开心,也按时流泪,按时吃饭睡觉。我不会再坐上任何一艘别人的船了,即便允许有伙伴和过客,但我需要自己掌舵。

妈妈,我很努力地在为自己而活。

我不想再为了融入群体而把自己的荆棘成捆成捆地码好,不想竖块牌子写点动听谄媚的话,也不想再照着所谓成功经历的复印本割裂自己,把自己塞进别人的人生模板里,成为一个被规定好尺寸大小、为了凸显真实而刻意打磨出棱角的装饰品。

即便成为无法被刻画的风,注定成为无厘头的、怪诞的一部分,我也不要成为他人笔下或画作上被赋予对方个人情感的物品。

美丽的工艺品是漂亮的,可破碎的镜子、残缺的文物也是漂亮的。我笔下的死亡、殉情、破碎、歇斯底里，我写出的每一篇文章里藏着的那一片我自己，都是漂亮的。

妈妈，其实能被我写出来的、能被他人阅览的难过，并不需要避讳。

至少我还愿意表达，我在我如山般的难过中打通了一条文字的隧道，才不至于死在深山蜿蜒无尽的山路上。

痛苦没有花期，它存在，即永不枯萎。

请不必担心我会自寻死路，只要我还愿意流眼泪。

辑二：唯有自渡

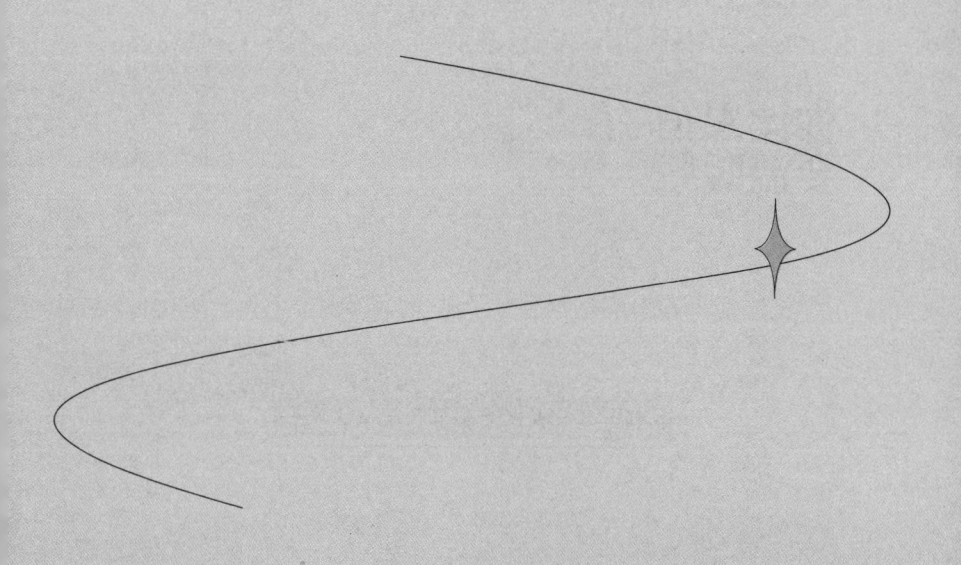

我们一起去未来看看吧，无论好坏。

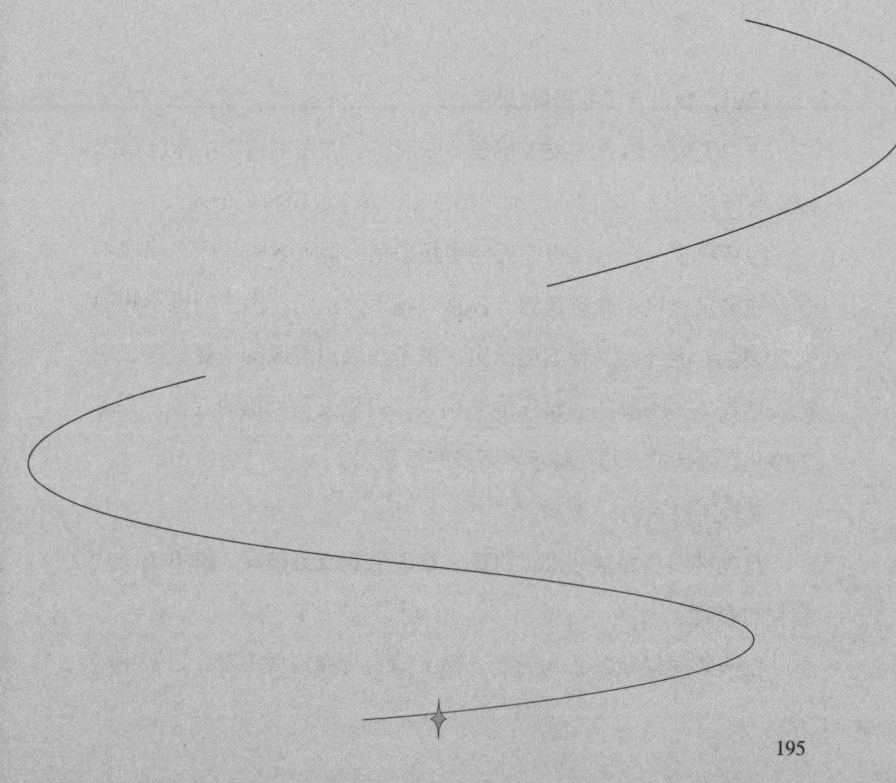

疯骨集

你比黑夜
要温暖些

> 我越来越难以感受到自己生命的痕迹。

妈妈,我患上了冬季抑郁症。

我在无数个飘雪的夜晚想要一跃而下,在图书馆手指冰凉得僵硬又有撕裂的痛,我把自己埋在帽子和口罩下,寄希望于死亡。

好多次了,我抬头想在天空中找慰藉,但大多时候什么都找不到,连颗星星也不愿意露面。我越来越不爱出门,出了门也不知道究竟要去看些什么,我把自己裹在被子里躲过冷风的侵蚀,在二氧化碳逐渐攻占大脑的时候猛地钻出来,只见天花板扭曲变糊,在冬天融化,凝结成一颗颗触手不可及的雪花。

它轻声对我说:"你别哭。"

月亮被锁在高楼后面,将夜未夜的天也支离破碎,拼不出一片完整的彩霞。

白天的时候我躲着太阳走,晚上追着月亮也找不着。日子平淡又曲折,我一直在往上爬,却好像永远也没走动几步。山顶上总有人在享受日出和月升,只有我吭哧吭哧地爬了半天,一抬头发现要到那上面还需要一百年。

我不对任何人或事抱有怨怼的情绪,我深知面对命运和社会规则这样的庞然大物,愤怒和怨恨只会让我自我毁灭。我只是时常会想到,倘若我无法有一个足够好的未来,倘若我并不算是一个足够明媚的孩子,你又该掉多少眼泪。每每念及此处,我就又打起精神,想要挨过这个看不到头的寒冬。

妈妈,我不想悲伤,不想写那些晦涩的对话,不想撒假装明亮的谎,不想被迫提前好多年长大。我不想沉迷流泪,不想有无药可救的迷惘,不想看人们悲悯又嘲弄的眼睛。

我不想一次次回忆反思自己是否真的有罪,以此来证明我多年来的坎坷与残破理所应当。可是为什么只是活着,就觉得难过?

我越来越容易被情绪拖下水,一面溺于死亡和痛苦带来的窒息,一面又止不住本能地朝太阳的方向浮上去。

我越来越难以感受到自己生命的痕迹。

你有着所有某一个时代的大部分家长的影子,虽然欣然地接收着许多新鲜的事物,但仍然改变不了骨子里的某些固执,和在我看来腐朽的思想。

我过去以为是如此。

我们曾经爆发过太多次争吵,我试图在我们之间寻找到一份永远的公平,试图撼动你的思维,去维护我以为的正确。我曾经以为爱是占有和改变,是两个有棱角的人互相激烈地碰撞,最终必然有一方重伤服软,我原以为爱是要奉上尊严,献出头颅。

于是我恐惧爱，害怕爱，远离爱。

可是我们之间不可能有永远的公平，爱本身就不公平。爱不该是同化或者寄生，爱是包容的，是互相理解，互相妥协。我也在某一刻突然惊觉，那些我的思想，是否在你眼里也算是不符合你世界观的惊世骇俗。我仍然不敢和你谈及我的晦涩，但我明白，其实你都明白。

世界明暗交织，危机四伏，我在不能有人相伴的路上走了好久。见识了背叛和谎言、虚伪和千万张假面，慢慢就不信任何一朵被递过来的玫瑰。我信奉死亡带来的永远的宁静和决绝，沉迷黑暗无所顾忌的拥抱，却还是无数次被你的爱绊倒在寻死的路上。

在我迷茫脆弱的人生里，妈妈，你比黑夜要温暖些。

辑二：唯有自渡

昏黄的夕阳在天际熄灭时，

像是关上了房间里最后一盏灯，

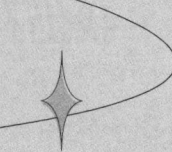

我没有去期待另一束火光。

离群的斑马早已习惯了失眠，

我的浪漫被风干，

不再稀罕所谓永远。

说话也不必迂回，我都明白的，

谁会爱一枝枯萎的玫瑰。

不必忧心，
我仍在期待明天

> 虽然一切不算特别好，但我在认真长大。

我是一个卑劣的模仿者，是一个悲哀的幸存者，是一个挣扎的逃难者。

好不容易说好要放过自己了，又会在下一瞬毫无征兆地流眼泪；好不容易找回了一点心脏的碎片了，又会被悲伤席卷；好不容易决定放弃了，又被尘世的美好拉回来。

情绪是失控的流星，美好只存在于天空中的一瞬，它最终会落下，重创我这片早已伤痕累累的土地。

人们崇尚自由，可谁又何尝不是世界随手摆布的一个棋子？它随意地下，我们费劲地走，到头来都是命中注定，到头来都是因果。到头来才发现，不是所有的付出，都会有收获。

这世界本就没有感同身受，每个人痛苦的额度各不相同，我很难向别人解释每滴眼泪的意义，好像它们生来就该成为阅读理解的一题。

即便解释了也大多会收到一个同情的目光，或是一句"不要为赋新词强说愁"的"忠告"。所以我逐渐不愿意再去剖开心扉叫人了解，也变得越来越固执己见，不愿意再被轻易改变。

我早已是沉寂的模样，所剩无几的气力也用来假装完好，我不愿意被当作残次品，被送回流水线上重新作业，被"修补"伤痕，连同我灵魂上自己长出的那代表自由思想的一角。

我在努力地学习你，或者说，设想一个安然长大的你。我努力设计表情和情绪，自以为装扮华丽，直到好心的观众告知滑稽，我才发现动作稍显僵硬。

你看啊，我这样的人，即便能被吹起波澜，也不过是一潭死水。

所以我时常诘问世界，为什么要叫你消亡，反而让我幸存？那道突然出现在年少时候的深渊，为什么是你掉了下去，留我在了上边，面对一个过早显露出狰狞一面的世界？

而又为什么，在无数个消极的夜晚，世界又使尽了手段，借用绚丽的晚霞，带着花香的微风，派陌生人为我带来一句道谢？

我太胆小，世界给一点点好处，我就又飞蛾扑火般转身回头，人间给一些些善意，我就又能天真地鞠躬尽瘁。多了的爱我也不敢碰，我总疑心那是镜花水月。

可是也不必忧心，我仍在期待明天。

我过去常说众生皆苦，唯有自渡。我兴许很难靠自己走到对岸了，但我努努力，即便是没走到，也好歹是死在去见你的路上。

我有在认真和自己做对抗。花园里也有在细心栽培你爱的向日葵，虽然大都活下来的都是浑身带刺的玫瑰。

有时我觉得没有你的世界，谁都显得面目可憎。可我也不得不承认我爱它，即便那是并不属于我的美好，但只是看着，掉下来的就是幸福的眼泪。

世界又何尝不是戴着面具呢？痛苦的创造者其实都是人类。

我有在自我修补，虽然也会手笨搞砸，但总归是在慢慢变好的。

虽然一切不算特别好，但我在认真长大。

虽然不算特别爱自己，但我在认真做自己。

不知道你在哪里，是还定格在十五岁，还是已经去了新的轮回。

无论去了哪里，要平安顺遂啊。

辑二：唯有自渡

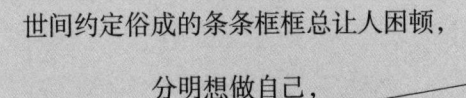

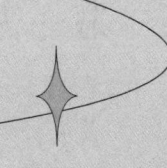

世间约定俗成的条条框框总让人困顿，

分明想做自己，

却被万人言语所束缚，

被"规矩"吐出的蚕丝包裹侵蚀。

他们不许你点蜡，只要你做千篇一律的白炽灯。

我不依，我叛逆，

我被戴上面具出演默剧。

观众的眼泪和笑声都是被设定好的程序。

自欺欺人，甘愿放弃。

可你再问我一万遍，我还是只想做我自己。

我是我人生中的
第一人称

> 所有人都在被告知你该如何,
> 却没人和他们说你做自己就好。

情人在角落拥吻,流浪猫在赴宴的途中被玻璃瓶绊了一跤。有人摁下开关,台灯的光被黑暗囫囵吞下,没有发出挣扎的声响。童话撕开遮羞布,露出狰狞的模样。

故事大部分是被精心装点过的现实,隔着一层纸或者一块屏幕,没有人知道镜头是原相机还是开了超级美颜。人们的价值观、世界观在字里行间中遭遇不明势力的渗透,像是开盲盒一样,你永远也不知道一个新闻、一本书打开是个什么样子。

我们被不停灌输着观点,就像扎根不深的树木,很快就会被大水冲走。即便挺下来,也不能原地不动,只好淌着水往上游走或者顶着水压向岸边靠,能够选择移动的树都不甘于被水滴穿孔,成为杂乱信息的宿主。

打开手机,大部分的信息都在告诉你要像谁一样,要做什么该做什么,却不问你想成为什么。它们画地为牢,却告诉你这才是你该遵循的潜在法例。人们被套上相似的外衣,以扭曲又可怖的方式变得统一。他们告诫你,不要做和大家不一样的事情,不要与众不同,因为异端会被斩首示众。可是即便成为同样的模板也会被抛弃,毕竟千篇一律就代表可代替,像是待宰的羊羔从未想过逃离。

岁月被等分,记忆被赋予刻度,所有事都能被追根溯源,被用书上的理论解释阐述。思绪的齿轮生锈,人们一动不动地躺上传送带,被统一加工包装,送上展柜任人挑选品尝。

所有人都在被告知你该如何,却没人和他们说你做自己就好。

前些天看到很多视频里说"被爱才是漂亮的",就好像证明自己人生价值的关键证物就是需要被别人爱上,把自己的意义寄托在他人身上无异于飞蛾扑火。"被爱才是漂亮的",这本身就是一个恶劣的定义,或许被爱是漂亮的,但我们绝对不只是因为被爱才漂亮。

我不断被告知我需要在适合的年龄结婚生子,像大部分人一样规划我的人生站点,不得偏离。他们告诉我要端庄,再多点古灵精怪,要成绩优异,却不可过分死板。他们要我优秀,尤其是成为优秀的女性,而这一切的目的都只是找到一个好的异性结婚,最好在三十岁之前。

可我不乐意。

我生来并非任何人的附庸,我是我自己人生中的第一人称,又缘何要去"竞选"他人故事里的配角?我自有我自己撰写的剧本。成为优秀的人是为了不辜负自己的野心,但这也同样因人而异。所有人生来都只是为了成为自己的,其他的都需要靠后排。

我挣脱枷锁努力存活,我不畏惧死,只要我是在自己的路上就好。

你身上的色彩和游乐园里的灯光一样绚丽，

你总是在舞蹈和大笑，扮着鬼脸透支自己幸福的欲望。

没有人知道你真的在深夜里哭红过鼻子，

没有人在乎你灵魂的形状。

他们只是围观指点，窃窃私语，

他们看不见你的悲伤，

甚至也不太喜欢你的笑。

可我只是看着你，

就好像掉进郁结的海洋。

别再走进
任何一个冬天

> 计划永远赶不上命运的安排，
> 于是我们四分五裂，于是我们永远错过。

天气突然冷了下来，没来得及享受长袖短袖换着穿的快乐，冬天就不容分说地席卷而来。我披头散发地裹着围巾，希望能护住我脆弱的脖颈。可是精心打理的发型一出门就被风吹乱了，脸颊冻得仿佛也结了一层薄薄的冰，连点表情都不太能做出来。我突然感到某种荒诞的可笑，你看，我们之间也是如此，计划永远赶不上命运的安排，于是我们四分五裂，于是我们永远错过。

其实说这些苍白的话也只是在无中生有。我好像一直在做一道证明题，给我时不时想到你找理由，没头没脑地摆出些并不贴切的证据，强词夺理地证明我其实并没有多爱你。

我在南方永远遇不见的温度里又想起你，想着你那里是否仍然开着风扇，街上的行人是否还是穿着短袖的薄衣。

所有生硬的牵扯和思念其实都是徒劳和自我感动。隔开我们的不仅仅是遥远的距离，还有无法倒转的时间，即便攥着那些微的共同回忆，我们的世界里也永远战火纷飞，无法统一。

我时常会想起一些过去的事，夹杂着许多你的影子。记忆渐渐有些模糊，像是超市零售区好多种小食统一价格出售，随手抓起的那一把里有甜苦不一。

冬天来得猝不及防。它把秋天从我身边打晕拖走，只剩下纷飞的落叶。

离家很远之后我渐渐明白，有的东西不喜欢就没办法变成一种习惯。倘若那不是占生命多大比重的东西，人们自然也不会费尽心思去修改。就像我明明生长在南方潮湿的土里，却还是眷恋北方呼啸的风，而你热爱着那片潮湿和绿意，不愿意同那干枯的冬妥协。

有风不断地撵过，推推搡搡的，脾气暴躁。我在昏黄的路灯下打转，像被水托起的浮萍，时间在我的影子上面逗留，于是我才能感受到流逝的呼吸。这时候总觉得恍惚，好像你还跟在我的后面亦步亦趋，只是我没有回头，我已经经受了太多场空欢喜了。

日子过得像是一场玩笑，我总有错觉，好像这三年过得同我在课间小憩的那么一会儿没什么两样。我徒长的那些年岁虚张声势地张牙舞爪，其实到头来一抚就平，不过是空壳一座，没点血肉生长的痕迹。

我还记得那个雨季，淅淅沥沥的，你拍了很多相片给我，我们一起听过雨落的声音。我说下辈子就当一滴雨吧，永远不会孤寂，永远有怀抱给我依偎。你用开玩笑的语气故作轻松地说，以后不开心的时候就来找我抱抱吧，我请你。

一时寂静。

我骗自己眼眶里打转的泪水是窗外模糊的雨幕，沉默了很久才没让哽咽逃出喉管。其实我明白那是一张空头支票，却还是没忍住诱惑地答了一句好。

我其实想说得挺多的，甚至那一瞬间我很想不管不顾地去找你讨要拥抱。我想着，要是你在我身边就好了，却还只是短促地回了一声音色嘶哑的好。

要是你在就好了。

我随大流地出去走了走，从南到北的那种。我站在过你曾说过喜欢的地方呼吸过那里的空气，最终还是没有选择把行程暂停。我有点想哭，又有点想笑，情绪崩溃过之后如何修补都没办法完好如初了，只是稍微震颤几下，就又有龟裂的迹象。其实不是不能更好，只是我偷偷把药倒掉，不想浑浑噩噩地活，就指着那点疼痛感清醒度日。

可是也许人是有自我保护机制的，我开始逐渐淡忘那些不堪回首的过去，开始忘记那彻骨冰凉的地板和虚伪的太阳，忘记溺水般难以呼吸的感觉，忘记那一双双藏着凶恶和算计、欲望交织的眼睛。只是身体仍然记得蜷缩着就可以不那么痛，仍然会在梦深的时候颤抖，我学会忘记，却也学会无端流泪。

我痊愈，又仍然布满伤疤。

那是一场我们都无法挽回的雪崩，你我都明白枯萎的过去早就无力回天。我们不可能再回到十几岁，也不可能再成为那个自己怀念的谁。

这个冬天我替你试过了，你就别再走进来。

写在未来的
死亡之前

<mark>死亡没有被遗忘可怕。</mark>

（一）

2023-05-23 Tue.

思考了很久大概什么时候会死掉，计算着日期最后还是放弃去数 1 之前到底该填几个 0。

生命是没有确定值的变量。

起床前抽出卡在床边的手持镜照了照，房间没开灯，她的眼睛也没有亮光。

73513 号，是她的名字。

她喜欢这串数字，没有原因。无论拆开还是合起来她都喜欢。明明这串数字早就有了，但当她选择了它们的时候，就好像是一种新的存在。

这串数字是只属于她的灵魂通行证编码。

她沉迷所有的痛苦，热衷于收集眼泪。她觉得死亡是注定的，出生意味着完整的灵魂被打散。所以人终其一生都在找自己，所以人永远都会有遗憾。因为自己的最后一个碎片，由死亡带来。

死亡没有被遗忘可怕。

怀念吧，但不必祭拜。

倘若死亡是无意降临，就请在葬礼上念起这些悼词吧。

以第三人称的角度，让她自己结尾。

（二）

2023-06-01 Thur.

她等了许久，微不可察地叹了口气，聊天框今天睡懒觉了。

"儿童节快乐。"她嘴角勾起一个熟悉的弧度，对自己说。

没关系的，她对着镜子说。镜子里的人瞳孔里有个小孩坐在被子堆上抹眼泪。

期待落空多了之后，她学会了紧急避险。

健忘是一种自我保护，乐观也是。

她虚无又空洞，时常觉得风可以带她走的时候，又被沉甸甸的思绪拖拽而下。无法飞离也没关系，坠落也可以接受，只是要让她葬身海底或者深埋山谷，她要张开手臂最大限度地拥抱，投身山脉的臂弯，扑向浪花的怀里。

所有的情绪不分你我地涌入，她饱和得像是色彩绚丽的晚霞，各种颜色混合其中。

漂亮是短暂的，转瞬它就会死于黑夜的侵蚀，好像绽放就是为了死亡。

她喜欢看海，喜欢想象身处山林——那些叫不上来名号的蚊虫总叫她退避三舍。

凌晨的海，阴天的海，被阳光染金的海，各种各样的海。

不是花心喔，世界那么大，却只有一片海。

（三）

2023-06-19 Mon.

"醒来。"不知道什么时分，窗帘外隐约透着光，不一定是太阳，也有可能是别人的台灯。

玻璃被光切成窈窕的形状，狗狗趴在小窝里，眼睛湿漉漉的，像是能滴出水来。

有一只蝴蝶的影子映在帘子上，"啪"的一声，突然碎掉。

房间像一个巨大沙漏的一半，另一半是我。

情绪在慢慢从她的身体中流逝，房间像孕育了无数萤火的丛林，而她空荡荡的，仿佛轻轻一触就会消散开来，与世界融为一体。

但有时她又成了世界的容器，在重力的撺掇下，所有灰尘和空气都挤压进她的身体，生生将她的灵魂逼离肉体，却无法停止痛感的神经传递。

她强撑许久，眼眶酸涩，只轻轻一眨，就从眼角掉下一片海。

（四）

2023-11-23 Thur.

欢迎大家来参加我的葬礼，或许我连葬礼都没有办法举行。

我想了很久，反反复复写了又时常修改，最后面见你们的这版兴许也不是最遂我意的，毕竟像我们这样的人，从来没办法提前收到人生的毕业通知书。

辑三：

在人世间

想祝你时刻清醒却又不失浪漫，想祝你即便不是小王子，也能遇见为自己而来的玫瑰。祝你永远都在奔赴下一场春天。

Chapter 3

她收到的爱太少,

汇进悲伤的海里,了无生息。

她捡到的快乐都好像是临期食品,

狂欢的代价是连绵的空虚。

不擅长幸福的小孩害怕被爱,

她恐惧成为别人的夏日,

变成他人书信上爱意的寄体,

好像要世界上所有的善意都明码标价,她才能安心。

生命里有一部分被闷热的夏天洇湿,

像是口鼻都被湿布蒙住,难以呼吸。

于是她逃离那片生养她的土地,

与影子相伴,一路寻找自己。

世界很大,很多美好未曾览遍。

她慢慢走,会找到相容的山河。

辑三：在人世间

飞鸟总有
涅槃之时

我已费心在六月化云，就不愿再为谁落雨。

书的扉页落着飞鸟的尾羽，风向森林辞别，带上某片云彩私奔。命运规划好的路不知凡几，我只选心之所向，毕竟人间似一场大火，飞鸟总有涅槃之时。

落羽与飞鸟难重逢，约定谁也没忘却，不过是有人欣然赴约，有人诓骗时间，有人苦等被日月熟识，有人不知今夕何年。

原来故事的结尾并不如话本中描述的那般成双入对，大多数是相别人海，再也不见。只是我已费心在六月化云，就不愿再为谁落雨。

毕竟时间早就定好了落子无悔的规则，过往悲喜都已成定局，我只祝自己前路平坦，祝自己恣意如不落的骄阳。

祝我路过人间，仍能留有坚实的棱角。

祝我终遇所爱，得以被挂念。

祝我畅所欲言，祝我遇见照亮岁月的夏天。

冰天雪地里，最后一支柴火燃尽，

只留下一地黑灰做遗言。

我镇定地撕下灵魂的一角去填补心口的洞，

那里被冷风灌满，结出冰凌的刺。

污泥指证我的罪行，诬告我的不屈，

神坐在云端，露出慈悲的笑容，

好心提醒，胜诉的代价只是献上骨头。

可我闭口不言，我静默无声，

在死亡面前，我已坐成青山。

雪下埋着的枯骨，有权保持沉默。

辑三：在人世间

没有爱，
我也能高歌破阵

有爱，便算锦上添花。没有爱，我也能高歌破阵。

人不能总是期待别人来拯救你，不应该把未来建立在一份不知道会不会来的爱上。即便爱来对了时间，可连它自己都不能保证保质期有多长。

所以，别人在爱里四处奔忙，我向来只会隔岸观火。

在这个真诚变成稀缺品的世界里，我了解到的大部分爱都不算漂亮。我看惯了他们在爱中丑态百出，一次次地降低底线，直至遗失自我。所以我总对爱敬而远之，甚至是束之高阁，生怕我被爱蛊惑，变成不像自己的陌生人。

我不是不期待那一小部分精致又漂亮的爱，只是它太耀眼了，而我总忧心我得到的并非月老钟爱的那根线。可心中某个隐秘的角落却在深夜悄悄策反那份忧虑——万一呢？万一就是你呢？

就好像我是沙漠中唯一的那一棵树。路过的只有飞鸟和游虫，没有目的地的浮云不紧不慢地飘荡着,偶尔会有些叫不上来名字的生物跋涉而去,而我很少注意到它们。

  有的时候,全世界都是我的路人。

  我在被日复一日的烈阳灼烧得意识模糊的时候,也暗自想过,如果有另外一棵树在,能互相慰藉一下就好了。可等到回过神来时,我又担心这荒漠中稀少的水源,是否能供得起另一棵树存活。

  我明白的,哪怕孤独,我也不会为了任何人让自己陷入枯萎的境地。

  所以别期待我与谁的结合,别期待我这朵玫瑰被谁采摘。

  我的未来还很长,遇见爱便算是锦上添花,如果没有也没关系,我自己也可以长成参天大树。

  我的未来还很长,我不会去祈求月的垂怜,爱不该是求来的,爱应该是相得益彰。

  就把选择权交给命运吧,我的未来还很长,有没有爱都无妨。

辑三：在人世间

人们总是渴望被读懂，也总是吝啬于说清；

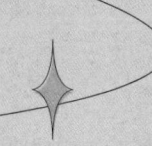

总是理想宏大，也总是贪于玩耍；

总是羡慕他人功成名就，也总是暗嘲败者头破血流；

总是需要被施以援手，也总是忽视去扶老携幼；

人们总是擅长拿起，却拙于放下。

疯骨集

出路

> 逆流而上的真的是鱼，不会是水吗？

小的时候总是觉得自己或许就是那个独一无二的英雄，是带着莫大的使命来到这个世界上的。总觉得只要有能力就要去尽可能地帮助别人，总觉得只要努力了就能被所有人认可。

后来摔的泥坑多了，跌的跟头也不少了，才突然意识到这世界从来都没有规定过好人一定会有好报，才发现这世间并非所有的事情都有因果，都足够公平。

命运伸出脚把你绊在终点线前，然后嗤笑："都怪你太天真。"

我不明白为什么"天真"逐渐成了贬义词，也不明白为什么不公逐渐成为被习惯的常态。

以前觉得难过是痛哭流涕，是大雪封山，后来才慢慢意识到最痛苦的是沉默，是明哲保身，是站出来会被证明是搏虚名的罪行。记忆里的美好像是遮羞布，我们掩耳盗铃一般地歌颂人生，对眼下的腐朽视若无睹，最终成为推波助澜的一滴水，成为雪崩中的雪花，成为命运的帮凶。

多数人的选择就一定正确吗？约定俗成的就一定是该相信的吗？逆流而上的真的是鱼，不会是水吗？

我没有办法，痛苦地经受着自我谴责的折磨。一个人的力量太过渺小，我懦弱地不敢站出来，不确定自己的手上算不算沾染过他人的血，不确定这样的惨象会不会成为一个无解的局，而我清醒地深陷其中。

我总看见有人掩耳盗铃地标榜自己的正确，也看见有人即便残破不堪还要坚持前行。有人面带微笑，背过握着尖刃的手；有人温暾寡言，高举燃着希望的灯。我不愿意汇入任何一条并非我自己选择的河流，我在能保护好自己的限度里尽最大努力去维护我所理解的正义，并警醒自身，莫要沾染那些看似光鲜实则污秽的奖励。

人类不可以，至少不该失去共情的能力。我们做不成电影里的超级英雄，没法单凭一己之力改变整个世界，但至少可以纠察自身，不做同流合污之辈。

一直都觉得个人的力量渺小却不可忽略不计。清醒的人最艰难，我奋力地找寻出路，到头来走不出的其实是自己心里的那座山。

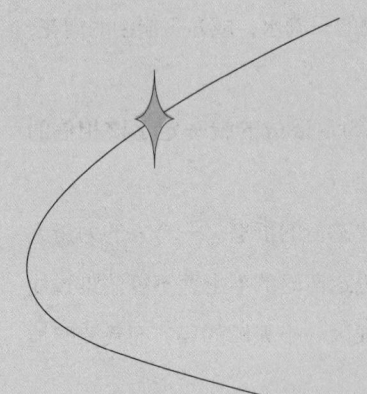

她是明媚的白昼,是湿透的午夜,
　　是傲然耸立又孤独不安的山巅。

她是矛盾的一笔,是晦涩的一页,
是俏皮轻盈又怠惰低沉的明天。

她满怀期待,又惊惧犹疑,
想被了解,又相对无言。

"她是一首无法被定义的诗,
一尊皲裂的月。"

辑三：在人世间

有的人，
心在月亮之上

> 有的人内敛深沉，有的人不如不笑。

　　有的人是意志不泯的越狱者，即便流离失所，被世界这个巨大的牢笼困住，被剥夺全部的权利，但他们的心是不灭的太阳。

　　有的人是偷梁换柱的盗窃者，在污泥纵横的低洼中放弃属于人的定义，贪婪地把入目的所有光亮掠夺殆尽，与世间的腐败同流合污。

　　有的人站在泥里，心却在月亮之上；有的人跪在塔上，脊梁却没木枝刚强。

　　有的人三步九跪，一路叩向西天；有的人看似高尚，崇拜的却是欲望。

　　有的人即便枯败，也会耐心等待下个春天；有的人任其腐烂，只学会了恶性竞争。

　　有的人死去，但曾像人一样地活着；有的人活着，却抛弃了作为人的善。

　　有的人在深渊里挣扎，做被大火焚烧历练的鸟，终究会变成凤凰；有的人在泥洼中翻腾，做一条心高气傲的蚯蚓，却自认为是条龙。

　　有的人内敛深沉，有的人不如不笑。

他在南方的小镇里,

等一场极北才能面见的雪。

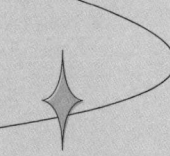

他疑惑春风为何总能照拂过每一寸土,

又惊异于光下每一粒尘埃的舞。

他深知人生的书页轻易翻阅不得,

命运总是语焉不详,

叫他靠近,又推他远去。

"逆流而上的,是水,不是鱼。"

愿你长疯骨

> 感情是最不能预判的走位。

你问我有疯骨的人会不会堕魔，我说不会，人间没有神魔。

人间有花草树木，有游鱼飞鸟，有风霜雨雪和春夏秋冬。有爱人，有敌人，有故人，更多的是陌生人。人间没有神魔，开心与痛苦的创作者都是人。每个人的心中都有一杆衡量善恶的秤，身外有一座名叫法律的天平，人人都逃不出其中，像是道路两旁新移栽的树需要搭上支架固定其生长，我们也须遵守个中的规则。

疯骨的意义，不是今日我就要跳出世界的规则，实现真正的无拘无束，而是即便被折断了浑身筋骨，打落到尘埃里，也能咬着牙在淤泥间发芽，开出向命运挑衅的花。当然了，疯骨包含的情绪难以面世，只能在文字间体现，这是与世界法则共生的一种妥协。

我们活着，要活得更像自己一些。

疯了，也要疯得有底线一些。

但是如果可以，还是祝你生出疯骨。祝你的灵魂拥有自己的形状，不被他人言语左右地思考，祝你有所坚持，有所寄托。

祝你年年岁岁皆安康，岁岁年年常喜乐。

爱与不爱都不需要因果，感情是最不能预判的走位。

兴趣爱好相同固然是加分项，不过你其实早就明白，喜欢与否，很多时候从来和这些没有关系。一切都只是恰好对上了眼，那一刻心不可否认地为他狠狠地雀跃了一下，从此以后连他的缺点都显得可爱。

于是你明白，这叫爱。

我不劝你爱得体面，不怂恿你爱得热烈，不谴责你的奋不顾身，不批判你的隐藏于心。每个人对待爱情的处理方式不同，不必去在乎别人的评价，只选择你觉得最适合的，放心去做就好了。为了那份震颤灵魂的爱，你尽力了，不留遗憾了，就也算是对得起那一份悸动了。

不去主动也没关系的，那不算逃兵。其实很多时候，那些无法挽回的事情并没有想象中那么令人遗憾。或许只是时机不恰当，或许是总有各种各样的原因阻碍，造成如何的结果其实都没有关系。毕竟如果爱能被轻易解释清，能像建筑一样根据图纸找出具体的原因，那么世人又何必被它日夜困扰，为它辗转反侧。

我没法给你什么特别好的建议，我也只是个没有遇见意中人、只会纸上谈兵的笨蛋而已。但是有困难请随时来找我，我一直会在。

人生苦难颇多，但快乐也值得收藏。

愿你得世事善待，也被人珍视地爱。

请在浓雾、海浪、虚空中找我,

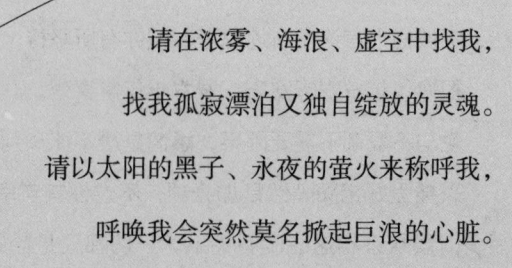

找我孤寂漂泊又独自绽放的灵魂。

请以太阳的黑子、永夜的萤火来称呼我,

呼唤我会突然莫名掀起巨浪的心脏。

请用溺水的爱和所有疯狂的幻想来诱捕我,

用深渊、死灰复燃和一切热烈又静谧的事情,

捕获我热衷破碎又渴望被拼好的想象。

请用同频共振来留下我,

我需要用力又契合的拥抱。

辑三：在人世间

唯一且不可替代的十五年

> 原来所有生命都能被概括一生，不过就是从孤独反复走向孤独。

我的小狗是一只大藏獒，其实她也不是我养的小狗。她和我一起长大，也只对我摇尾巴。

初三那年忙于日复一日的考试，除了乱七八糟的人际关系，每次都只是路过也不舍得叫她出来。我总是想着下次还会见的，但我们就这样突然没有了下一次。我真是个笨蛋，总想着时间还多，却忘了她并没有来日方长的能力。

只有和她在一起的时候，我才感到能被读懂的庆幸，以及被纯粹地爱着的幸运。

那些个跌跌碰碰的夜晚，我一个人撞得头破血流，死命地咬紧牙关。只有在见到她那潮湿的眼睛时，痛苦才不像无头苍蝇一样在我胸腔中乱撞。

那是双怎么样的眼睛啊？隔了快四年了，我不想忘，但回忆是破了洞的沙漏，上层的美好还来不及沉淀就被时间偷走了，留下来的只有堆积如山的难过。

但幸好她在我的生命中早就不是一个能被遗忘的具象，早成了我心脏的一部分内核，或许稍显渺小，但有着让我为之振奋的力量。

前些日子我和母亲聊天时说起，我从小到大都没有被无条件地偏爱过。想来我说差了，曾经我还有她。只有她会无条件地奔向我，从年轻时的飞奔到年迈后的蹒跚，撑着疲惫的身体，顶着烈日或阴风，一步一步或迅捷或缓慢地走向我，把庞大的身躯塞进台阶和栅栏之间的缝隙，再用一双永远温柔的眼睛看着我。

我长大了好多，好像也能轻松地接受那些不公和挫折带来的苦痛了。我在周身种满荆棘，虽然还是会控制不住本性去接近别人，妄图得到一分温柔，但已经不那么容易受伤了。可是一想到她，我那些费尽心思藏好的委屈和难过就又控制不住地涌出来。

我很难再遇见会无条件奔向我的人了。

原来所有生命都能被概括一生，不过就是从孤独反复走向孤独。

可她是我灵魂中永远不会被吞没的温暖和善。

不知她走的时候，有没有在想我？想不想也不重要了，快些往前去来生吧，那么好的她，来生会比今世更漂亮的。

她留给我的勇气和温暖足够我面对太多。

人在遇见大的灾难时更信神佛。我祈祷了许多，试图以这样的方式缓解我心中时不时会瘙痒的疤痕。

而她，是我生命中唯一且不可替代的十五年。

我衣衫褴褛,

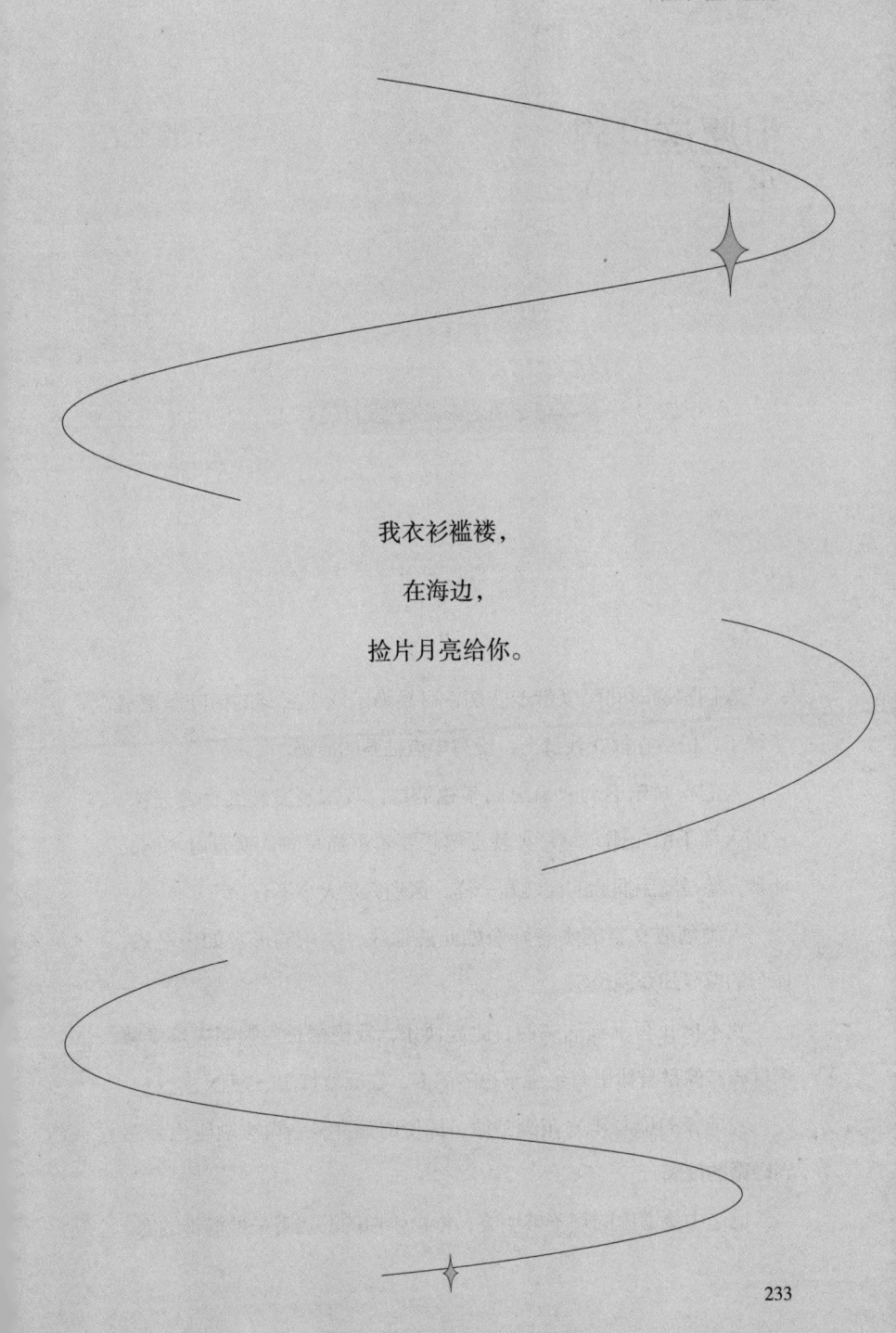

在海边,

捡片月亮给你。

疯骨集

但愿这世界
常青

> 眼泪是我的最后一道防线。

  人们常说时间可以带走一切,可是命运随手丢弃的树叶飘落成了种子,仍然扎根在我身上,没有半点枯萎的痕迹。

  人们喜闻乐道的故事总以幸福结尾,我却越发感到食之无味。它们大都千篇一律,每每在我提笔想要着重描写时,就显得木讷又朴素,像是随手捏造的泥娃娃一样,区别只是大小不一。

  人类创造文字的本意好像如此恶趣味,快乐的形容如出一辙,痛苦的感受却众说纷纭。

  我不擅长写幸福的东西,比起快乐,我更擅长用眼泪去感受整个世界。像是身体里有生生不息的海浪,在反复打湿一颗心。

  我成长的那些年岁布满刻痕,即便时隔许久,再次触碰也会感到轻微的疼痛。

  记忆中楼道里的灯不够明亮,惨白惨白的,透着一种彻骨的寒。

脚边有几团不知道究竟是谁掉下又缠绕的发丝,盯着看久了,像是我一塌糊涂的人生答卷上赌气涂改的黑色线圈。

很长一段时间我都缩在房间里不出去,或者戴上帽子和口罩,塞紧了耳机低着头走在外面,借没戴眼镜的理由给自己开一路绿灯,好避免任何一场迎面撞来的社交。

那时你问我幸福吗,我说我只是想要活下去。

现在已经记不清更多的细节了,那些过往被我用讲故事的语气说出来,稀松平常得好像只是在出门的时候轻轻摔了一跤。被水打湿的书页上字符晕成一片,即便晾干了也难免皱皱巴巴,我只好努力填写更多的书页去压盖,好叫它变得平整。

可是请不必担心,我在那场恒久的雪里,仍然在期待春天。

相爱之人在落叶下相拥,在遇难时携手,在欢庆时举杯。我爱幸福的篝火,爱肆意畅快地笑,爱可能离我很远但仍然息息相关的一切。

幸福不该有统一的定义,真要比较的话,我还算过得不错。只是我还是喜欢莫名其妙地逼自己想一些无解的题,好顺理成章地掉眼泪。

我流泪、嘶吼,自我伤害一样地去回忆那些难以启齿的碎片;我心痛、难过,却从不对任何一种苦难和无理的炮火避讳。

社会和时间在不断给我打镇静剂,我却偏要头脑清醒地受刑,我不会让自己沉溺于纸醉金迷。

眼泪是我的最后一道防线。

后来我也爬过很多座高耸的山巅,像是抚过地球的骨钉,看过云散风起、雷鸣鸟惊,也见过书里塞外的雪、草原上奔腾的马和万家的灯火长明。

其实我的幸福与我的苦难无关，即便曾低落到泥里，我却仍然还保有为世界流泪的能力。

毕竟我可以暗淡晦涩，但愿这世界常青。

喜欢月亮的原因并没有多浪漫，

不过是因为太阳不可直视，

而我也不再惧怕严寒。

可当你飘飘然途经我的永夜时，

却引得我骤然失了方寸。

我承认我是个疯子，

而你是我薄情寡义的悖论。

你是第二座
孤岛

> 你是少见的温和光束,不会刺伤我久经黑暗的双眸。

冬天的夜晚早早降临,携着风雪一同笼罩世间。

去年冬日,幸而遇你。

像是目睹了一场无声的雪崩,把一切尽数掩埋。像瞧见一座隐忍的火山偶尔迸发出火花,像听到一片涨潮的海在低声吟唱经文,又像是长满青苔的钟被敲响。这份感觉总能轻易地抵达我的四肢百骸,激起一阵又一阵感同身受的浪潮。

我想了好多的形容词,总觉得不够那么恰当。

你是蓝色的山火,是我经年累月寻到的第二座孤岛。你是少见的温和光束,不会刺伤我久经黑暗的双眸。

如果真理需要靠认同的数量去堆积,那我们足够荒唐。我们爱把玫瑰缝在领口,爱把夜晚当成缪斯,爱在骨髓里叙写扎根的痛苦,爱一遍一遍地描摹被时间洗淡的疤痕。我们不擅长交付自己,写得再热烈也只能温暖别人。我们的心是由朽木和寒冰组成的,打动不了自己,也会误伤试图靠近的人们。

我们总是喜欢不被那么多人喜欢的东西。

谁说蒙尘后就不会有机会变得明亮?谁说一定要圆满,要时时快乐?这世上从来没有完完全全的感同身受,我们都是被困在人生宫殿里的孤家寡人,所以更懂破碎的美,也会对遗憾着迷。我一生中所见的大部分人都行色匆匆,总如海市蜃楼一般叫我不敢轻信,唯有你和你的文字漂亮又真诚,明明并不算幸福美好,却总是明晃晃的,叫我想要流泪。

我想起一位作者说过的一段话:

"你可以不必显露人前,也不必大隐于市,你可以做让人远远听见的风,吹开山顶的迷雾,吹走世间的烦恼,自在也洒脱,浪漫也温柔。"

这里有点借花献佛的意思了,但是如果所愿皆能成真,我愿你永远带着万顷的月光在夜里疯长,永远保持清醒,永远能做最喜欢的自己。

我不爱许诺,也不敢相信承诺,我只祝我们的未来,可以用多年以后来形容。

遇见你之后,我再也不是海面上那唯一一座孤寂的岛。

疯骨集

森林里的枪响,

不知道是谁为了谁的胜利付出了生命。

又是谁的眼睛,为了谁的体面,不敢看清。

她把小心翼翼反着穿起,

于是越害怕越变得强硬。

她咽下了太多噩梦,

所以所有能被她遇见的美好,

都好像戴着伪善的面具。

坠落的镜子试图多看看世界,

却也无力阻止自己即将破碎的命运。

她的心撕裂成了两半:

一半填了山,一半做了海;

一半溺于月亮,一半死于袖手旁观。

可是亲爱的,

我明明还能瞧见你肋骨下的震颤,

瞧见你眸中尚未湮灭的恒星。

所以我还是给你许下愿景,

愿你半生漂泊,踏浪归来,

仍是青山。

辑三：在人世间

愿你岁岁欢喜，
此生无恙

> 列表里安安静静地躺着你的名字，我就会觉得安心。

　　删删减减半天，还是写不出太正式的东西，遂不刻意凑词，且在此随心而写吧。

　　相识一年有余，却似早已在命运安排前相知。

　　我们并未联系得多么密切，甚至是"有事方才登门"。可是，因为知道列表里安安静静地躺着你的名字，我就会觉得安心，觉得人生也没有那么惨淡了。

　　愿你平安，愿你能得万物偏爱。

　　生命是脆弱的，我们总在时间的洪流中试图让自己的灵魂更沉重些，好不被轻易带走。我们被命运安排了多舛的剧本，它总对我们使出万般毒计，于是快乐对我们来说不似他人那般简单。

　　愿你永远能在文字里找到解药。

　　世界创造万物的时候本来就决定了每个生命都是独特的，所以与众不同并没有什么不好，你不必忧心，也不必自责，格格不入又怎么样？当异类也很酷。

愿你心海之上明月高升，永不坠落。

我总说孤独没什么不好，孤独其实更能让人看清自己。只是人类是群居生物，我们很难忍受终日与孤独相伴，我们总得去看看世界，去找找漂亮的地方，总得找到热爱生活的理由。

愿总有山野来的风能动你心弦。

感情这种东西好难揣测，也没有人能保证它的真诚与否。我记得你曾这样形容："大多数的感情都被阅后即焚。"这个世界的爱情变得太快了，其中的杂质也太多了，我也不过是一个纸上谈兵的理论家。

祝你终得挚爱，被温暖拥抱。

可我也不太喜欢把自己的未来寄托给别人，所以愿无论昼夜阴晴，温暖都与你长存。

今日此时无月，就且敬山敬风敬水，敬你。

岁岁欢喜，此生无恙。

辑三：在人世间

有人在永夜苦守，有人横刀向渊；

有人振臂高呼，有人义无反顾；

有人展望未来，有人托举明天。

我是懦弱的一分子，是沉默的大多数。

我瞻前顾后，我无法舍弃所有，

我隔着屏幕悼念，哭得凶，也恨得切。

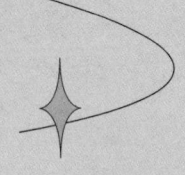

有人唾弃信仰，有人蔑视高尚；

有人耻笑牺牲，有人质疑希望；

有人苟且偷生，有人卑劣贪赃。

可我是民族的一分子，是人类的大多数。

我前仆后继，我血液里流着信念的底牌，

只要呼唤，就会沸腾起来。

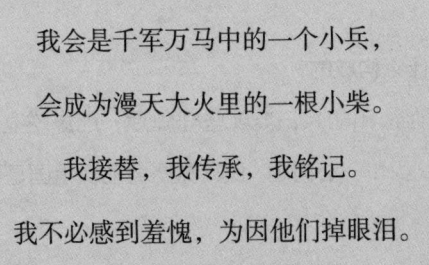

我会是千军万马中的一个小兵，

会成为漫天大火里的一根小柴。

我接替，我传承，我铭记。

我不必感到羞愧，为因他们掉眼泪。

疯骨集

大树与玫瑰

> 爱自己的同时分一小部分爱给世界吧。

被窝像是出生后赖以为生的另一个子宫,呼啸的风被牢牢地挡在窗外,耳机里传来火花跳跃的声音,所有的温暖都有迹可循。有无数具身躯替我们托举起明天,叫我们得以眺望山那边的太阳。有无数滴血泪汇聚成山河,高举着旗帜吟唱着颂歌。

祖国是什么?

是家,是死也要回的家。是后盾,是让人敢一往无前拼尽全力的后盾。

祖国是由什么构成的?

是先辈的血液和呐喊,英魂坚守阵地,红旗屹立不倒。是后浪的奋斗和拼搏,少年一心向国,民族党坚势盛。祖国是信仰,是念想,是明天。

人们常说战争会产生死亡,也时常忘却缅怀那些逝去的英烈。

听着新闻播报里的死亡默哀,看到书本上印记的死亡人数,这并不能感同身受,也无法以此激励自己。

可只要想到在那数以万计的人中有我的爱人,一个活生生的肉体就这样被简单的数字埋葬,便觉得心痛到心死,肝肠寸断。

他们或已不在人世,成了那一长串计数单位中的一个,甚至并不存在于数字中,仅仅是被潦草地就地掩埋。一想到他们受过的苦难和伤痛,便觉自己好像也历经了痛苦,便觉自己好像也破碎开来,心脏被幻想反复地凌迟,就好像也死去又活过来了一趟。

可现实的钟表并不会为任何一个人停摆,我还是活着的,他们却再难睁开眼睛。

恍惚间好像听见了有无数的声音驭着风呼啸而来,他们说:"你替我看看盛世吧,我来做这长城。"

我不祈望世上的每一个人都能够感同身受,也不祈望每一个人都为那些过往落泪。只是既然我们享受了如今的安稳,铭记历史就是我们的责任。无力成为载入史册的英雄,至少也要勿忘昔日的耻辱。做不成戍守边疆的战士,就守好律法道德约束己身,做一位好公民。

不知道从什么时候起,"人性"这个词屡屡出现在贬义的句子中,常常被用哀叹的语气讲出,配以摇头叹惋的动作。越来越多的"人性"开始被大规模地应用于描述不好的特质,仿佛大家都忘了善良热心也属于人性的一部分。

这个世界越来越变得冷漠。多的是事不关己高高挂起,多的是精致的利己主义者。

每每看见有人能够施以援手,而非冷眼旁观时,我也总是感叹——这才是人性。

爱自己的同时分一小部分爱给世界吧。

你镇国土，我守人间。

辑三：在人世间

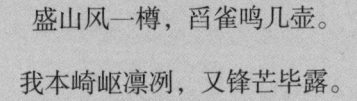

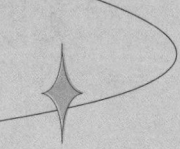

盛山风一樽，啁雀鸣几壶。

我本崎岖凛冽，又锋芒毕露。

闲来随林声舞竹剑一曲，忙时亦不忘要自弈三局。

成日酣睡还总觉累，看落日也会醉。

我一生无畏，无人挂念，

也曾遭群狼环伺，见惯太多不堪。

唯你携烟云而来，不惧北地严寒，

只一笑，遍山都敞亮万千，

你是世界送我的江南。

向彩霞借了籽，种满目映山红，

斩遍地荆棘，敛浑身戾气。

虔诚跪地，我永属于你。

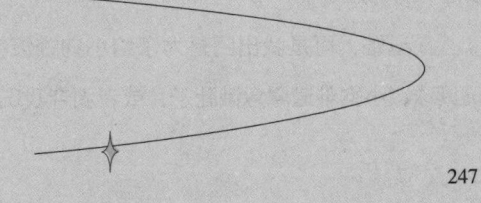

因为我要
忙着爱你

只有你会奋不顾身地来找我。

小狗一直觉得我很不让她省心。

她不理解我为什么每天都要往外跑,出去的时候看起来很累,回来的时候看起来也很累,小狗心疼,不想让我出去。

所以小狗最喜欢周末,哪怕是没办法出门奔跑的台风天。

我自己待在家里的时候就喜欢一直刷手机,情绪的敏感值被拉低,稍被触动就会掉眼泪。所以小狗也很不喜欢手机这个坏东西,况且她还总听见我在看别的小狗笑。所以她也没忍着不说,某天非常郑重其事地要和我开家庭会议,提到不喜欢我一个人出门,也不喜欢我看手机。我那么脆弱的人,不带小狗出去的话会不会一个人躲起来掉眼泪?

我逗她,可是我出门是为了给小狗赚饭钱,在家时手机是我的玩具球,小狗难道愿意饿肚子,或者剥夺我玩玩具的权力吗?

么都知道。比如现在她看出我就是在哭,需要小狗的拥抱!

我破涕为笑,小狗转过来扑到我身上。

我突然想起来前不久在日记上写下的一段话:

"人生好像没能被什么照亮,也没有人能够同行。我在其中深陷,挣扎求救无果,曾以为这便是世界的模样,张牙舞爪,极尽狰狞,只有小狗奋不顾身地来找我,且无论我如何同生,我都能百般接纳的小狗。我的世界百花凋零,万物无声,人迹罕至,只有小狗愿意进来,我也只允许小狗进来。"

决定给父亲写一首诗的时候,

我准备了一个日夜来构思灵感。

描绘他的伟岸,刻画他的温和。

我在回忆的海里打捞捕捉,

像打捞上来一艘上世纪载满珠宝的沉船。

沉甸甸的,备受海水冲刷,

显现出厚重的意味。

我的小房间里装了一盏灯,

它亮时我找母亲,

当它超负荷,以致骤然断电的时候,

我才会想起父亲。

爸爸,你是我小世界里的黑暗行者,

是我人生中每次拯救我于水火的超级英雄。

世界冷暖交加,

人们大都行色匆匆,各自拥毳衣炉火。

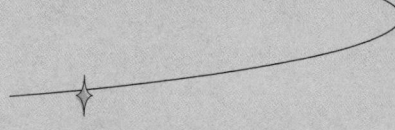

只有你逆着人群大步走来，

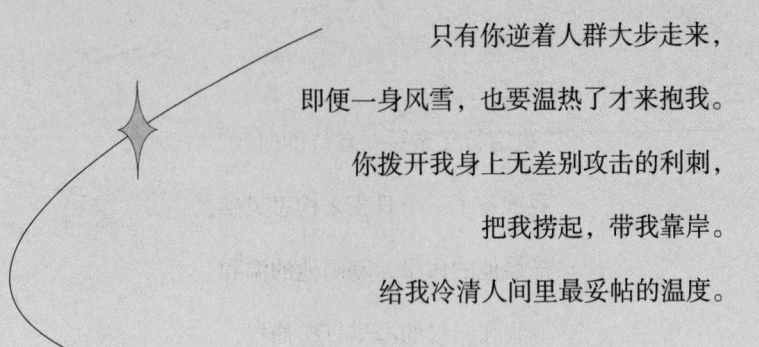

即便一身风雪，也要温热了才来抱我。

你拨开我身上无差别攻击的利刺，

把我捞起，带我靠岸。

给我冷清人间里最妥帖的温度。

爸爸，你是永夜里永远搀着我的手，

你是我背后的山，是我胸前的盾，

你是我这艘小船永远的不冻港和月亮。

我不知道你忍受着怎样的灼烧感，

生咽下了多少个太阳，

才能把那些道理的酒温给我喝。

辑三：在人世间

你是我想要
投身的那片海

爱是我常常替世界对你感到亏欠。

那是一个雨天。

我是喜欢在室内看下雨的那类人，真要叫我身临其境的话，那种喜悦也就淡了很多。我对什么都抱着敬而远之的态度，我擅长远观，却不热衷于靠近一切。

那天天空阴得早，我已经不记得自己因为什么出门，只记得伞落在了家门口的鞋柜上。雨意渐大，我只好慌张地躲到关门的小店前那一寸低矮又狭窄的檐下，发丝和裤脚都在奔跑中被雨水打湿，黏腻又冰冷地缠在我的身上。我望着细细密密的雨幕，心中泛起一阵烦闷。

直到我对上了猫的眼睛。

猫和我一样像个落汤鸡，湿淋淋的水汽裹在它异常单薄的身上。它的眼睛因为太瘦而显得很大，不知道是哪来的光，像碎钻一样落在她的瞳孔上。我屏住呼吸，我们都没说话。

我并不是没遇见过落难的小猫，大多时候小区里的流浪猫都被住户们喂得膘肥体壮，所以我常常视它们为孤胆英雄，或许可以接受帮助，但并不需要援救，它们总有自己的路要走。只是不知道为什么在这一秒，我突然有种想要为面前的它落泪的冲动。

我慢慢地蹲下来，猫没有受到惊吓离开。它只是稍微向后挪了一点点，好像是为了适应逐渐缩短的距离。猫还在看我，轻轻叫了一声，歪头蹭在了我伸过去的手上。明明是湿漉漉的手感，我却莫名感到一种久违的暖意。

要和我回家吗？

我向它发出邀请，语气中有自己没能察觉的忐忑，甚至带了些恳求的意味。

猫说好。

在这个有些寒冷的晚秋，一个稀松平常的雨天，我和猫都找到了自己的家。

猫的习性不像是猫，倒是和我很像。它从来不拆家里的东西，我和它商量划分着"禁物"。偶尔干了坏事，它也会自己跑到我面前自首，它不挑食，虽然会不喜欢吃药，但还是每次都乖乖地接受治疗。它也不随便发脾气，好像是所有人都期待的那种听话又黏人的模范小猫。

我感到一种像是幸存者的悲伤。我不断地拥抱猫，告诉猫我会永远爱它，告诉它别担心，我一直在。希望它别压抑，做回自己，别感到不安，我们有家。猫回抱着我说好，小肉垫在我身上拍了又拍，我时常觉得不是我在守护猫，而是猫在开导我。

有天和猫一起窝在沙发里看电影,突然就开始讨论爱是什么。我把下巴抵在猫脑袋上,把它养得日益强壮的身体当人肉坐垫,努力憋住不合时宜的泪水说:

"爱是我常常替世界对你感到亏欠。"

猫很敏感地听出鼻音,它奋力扭过头来要看我,小脑袋凑过来蹭我的脸颊。它或许是在说:"你眼睛里掉的水烫到我了,不要难过。"

在伤害里竖起冷漠的时间久了,什么挫折都能被我挡在外面,唯独挡不住一滴暖洋洋的雨水。我突然就好想大哭一场,鼻尖一酸,就抱着猫当纸巾。但我还是强行忍着,转移话题一样地问猫:"你呢,你觉得爱是什么?"

猫不假思索地说:"爱是我和你。"

在泥里滚过也在刀尖爬过了才知道,光与暗只在总体上守恒。我的人生晦涩又沉重,像是潮湿天里忘记收回的衣服,我长出霉斑,我期待虚无。

周围人总说是我给了猫一个家,总说被爱会长出血肉。可是只有我自己打心底里明白,是猫和我加起来才算家。我的前半生试图在无望中抹去自己的存在,迫切地需要谁给我密不透风的拥抱,直到遇见猫。

半生颠沛,春风吹不绿我枯死的骸骨,只是为了爱你,我才长出血肉。

猫,你是我想要投身的那片海。

不想再写复杂缠绵的长篇大论，

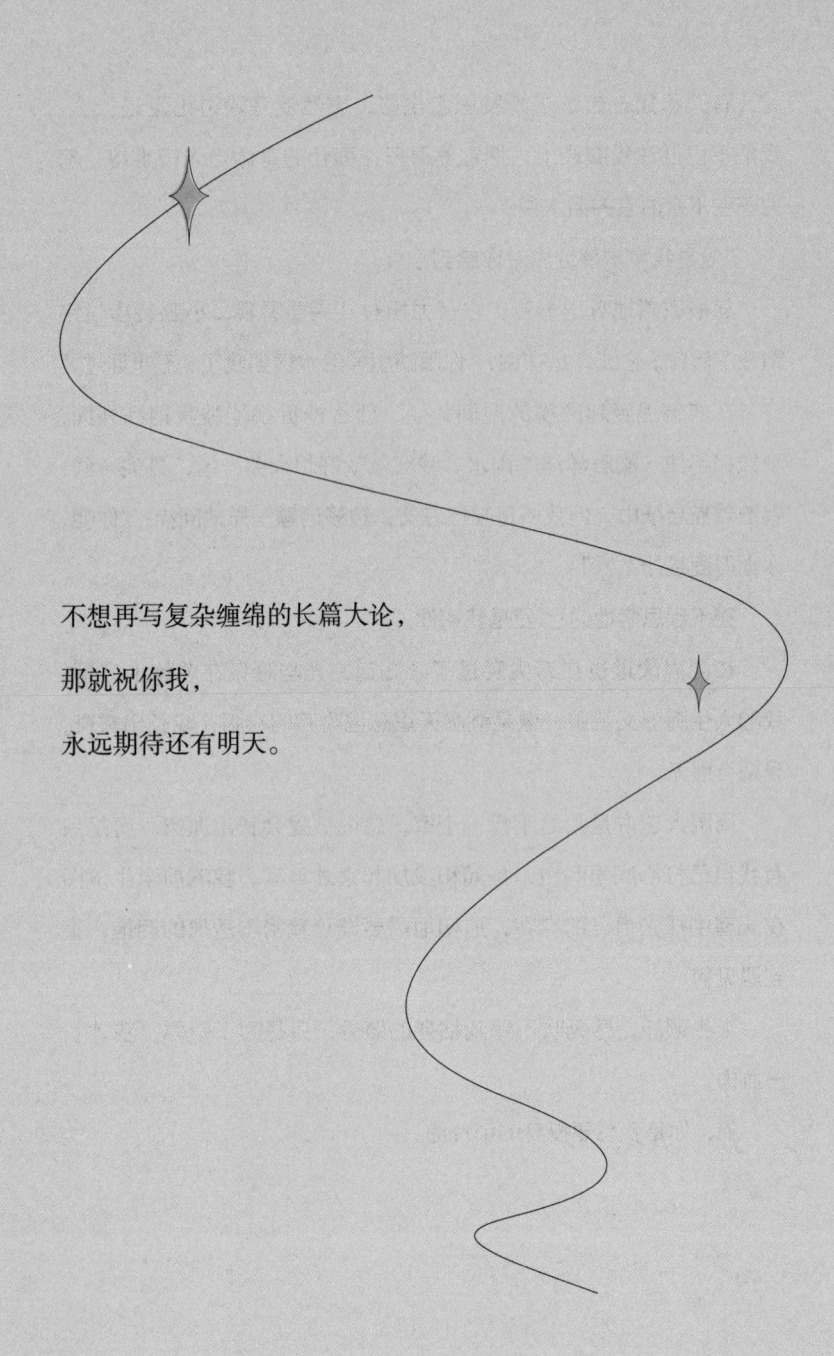

那就祝你我，

永远期待还有明天。

我写了无数种死亡，欣喜于各式各样的描述，却还是在每一次妈妈提起死亡时，在那样不加修饰的一句话下，突然被巨大的悲伤淹没。喘不上来气的同时，下一秒就掉出眼泪。

我大声地制止她的话，把头埋进她的脖颈。她手忙脚乱地安慰我，然后笑着说人都会死的，没什么大不了的。这话换来我的新一轮泪崩，最后以她保证再也不提结尾。

妈妈，是我需要墓碑，是我需要有地方寄托我对你的思念，是我需要有一个地方，让我能够去找到你给我的归属感。找到你，我才能是完整的我自己。

没有墓碑的话，想你了我该去哪里找你？

有些东西披着仿真的皮囊，

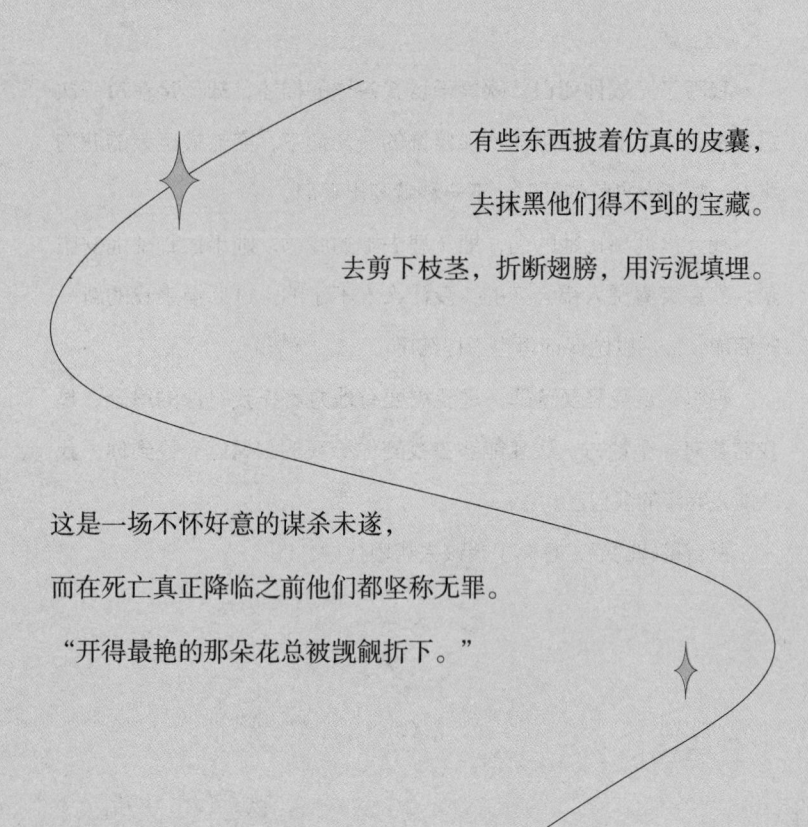

去抹黑他们得不到的宝藏。

去剪下枝茎，折断翅膀，用污泥填埋。

这是一场不怀好意的谋杀未遂，

而在死亡真正降临之前他们都坚称无罪。

"开得最艳的那朵花总被觊觎折下。"

小孩，亲爱的小孩，

只有保持生机才能等到春天。

小孩，亲爱的小孩，

再苦也绝不向痛苦下跪。

辑三：在人世间

你是永不落幕的盛夏

> 你合该光芒万丈。

　　阿淮已经大半年没给你写信了吧。她不是故意的，只是过得实在不好，她自顾不暇，也就没有机会同你说话了。

　　这些失联的日子里，我发了疯地想要记住你，想要清晰你的眉眼，想要你鲜活，想要你蓬勃。说起来你还没见过阿蛇吧，多亏了它，我才有力量去抵抗那些不幸，才能拨开重重迷雾，翻山越岭，得以面见你。

　　且让我带你回家。

　　未来好不好我没办法断定，也无法轻易许下什么诺言，但是我会保护好你的，直至生命的最后一秒。在寒冬中煎熬的那些日子，许多时候我都想去看最后一次夕阳，然后在它怀中合上那双怒睁的眼睛。你要灿烂地活着，像朝阳，像舞台上纯粹的美好，永不落幕。

　　你合该光芒万丈。

被痛苦围剿得无处可逃的时候，我也没想过要放弃。我把你藏在悲伤找不到的地方，你是我最后的净土。我绝不低头，我也绝不认错。

那段时光，带走的不仅是岁月，还有心中的期望。

万物都消了音，变成了黑白电影。只有你，是我小心捧在手心的神灵。

南方有永不熄灭的艳阳，北地有旷然大气的苍茫。

时间是分界线，也是实验，这头是幸福，那头是痛苦。

亿万次失败，总有一次会成功。

未来不如想象中的那般美好，日夜续命也只能靠字里行间的药。

凛冬未尽，满目苍白，幸好你没来。

生活已经很难了，你要记得开心。

我是溺水的蝶,是折翼的小雀,

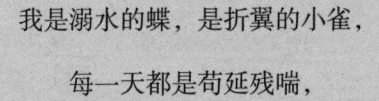

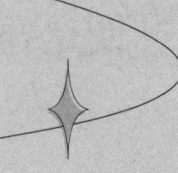

每一天都是苟延残喘,

我甚至不敢告诉你我仍在掉眼泪。

妈妈,

看过很大的世界,

做过很美的梦后,

我却还是只想成为一捧沉默的灰。

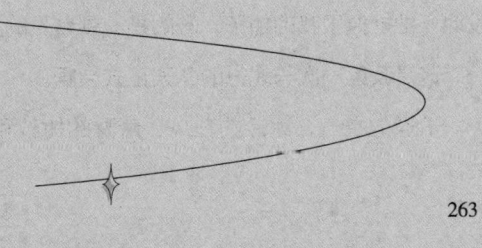

你身所在，
便是吾乡

> 星河长明，昼夜轮转，唯独你在我心中永远不朽。

风突然大了起来，晚上睡觉总不踏实。一合上眼睛就能听见翻涌的风挤破脑袋往窗缝里钻的声音，戴上耳机听轻音乐助眠，反而越听越清醒。最后睁大了眼睛盯着黑暗，时间久了盯出了一团旋涡，这才仿佛被催眠般迟迟睡去。

妈妈，自初雪那日后，就没有这么冷过了。

从最南边来的孩子遇上雪时，精神上快乐得不得了，满眼都是新奇的事物，可生理上难免感到无法适应。玩雪的时候手被冻得失去知觉，像是下一秒就会从我的手腕间脱落下来，还没来得及去搓热，低头间又见二三红梅滴落在白雪之中。北风肆虐着，落井下石般地一把扯掉了我的帽子，端的是一副欺生的狡诈面孔。

这是我第一次与北方的冬天正式会晤。

干燥的空气、冰冷的狂风、萧瑟的树枝和抬脚间带走的片片枯叶,都提醒着我的身份:异乡人。

挚友给我发来照片,那是一个十分熟悉,以至于过去看到的时候总觉厌烦的艳阳天,是我曾避之不及的炎热。家乡过于湿润的空气总引得我心烦意乱,难以平复。那时我总在嘴边提起要去北方,去有雪、衣服不会因为潮湿的空气长霉斑的北方。我用许多挑剔又嫌恶的语气来证明自己的选择是正确的,却在独自北上后感到莫名与我心情相悖的悲伤。

世间最可笑的事,便是少年人拼尽全力地逃离生养自己的家乡。

当然,可笑是一回事,但若要问我是否后悔来到北方,倒也称不上。

妈妈,不论因为什么,或许是为了逃避过去,或许是为了自己给自己描绘的脆弱却宏大的蓝图,我确实不听你们的劝阻决意北上。我见到了更大的世界,虽然好像相比较来说也并无什么特别,可至少我亲眼见过这些,亲身去证明这些。我一直告诉自己不要后悔,哪怕做得不尽如人意,也不要后悔。所有的决定都有我当下做出它的原因,都会有意义的结果,无论好坏。

后悔从来是个无用至极的情绪,会一次又一次绊倒我。

说的想的是极度坦然的,但当风从四面八方一拥而上,掀得头发四散,迷蒙住双眼,我伸手去抓的时候,却是像无数次那样想抓住你的手。

妈妈,我依然未曾后悔过任何决定,但我确实想念你和爸爸了。

南方的天气是否晴朗,空气是否依旧湿润得让人难受,是否又到了冬天的雨季……

你和爸爸,是否安康。

我突然意识到我思念的、放不下的不是那个我生长的地方,我想念的也不是那困扰我多年的潮湿空气和连绵的雨季,我想念的是你做的热腾腾的饭菜,是你的拥抱,是你永远柔软却给我坚定力量的手。

妈妈,你总教我要学会大胆明确地表达自己的想法,我却总觉得光一句"我爱你"远远不够。

远远不够。

妈妈是世界上唯一能解百毒的良药。

我为了逃避过去那些悲痛的追捕远赴北方,在很多瞬间感知到我的灵魂想要舍弃肉体,控制不住想要奔赴虚无。妈妈,你是我靠岸的船锚,因为你,我愿意去多爱一点世界和自己。

你的拥抱是想起来就会觉得幸福温暖的事情。我的世界经那场劫难后常年大雾四起,痛苦附骨,难以逃离。我的心上缺了一角,所以我没有完整的魂魄,我总是游离在外,融入不了人群。

可是你的拥抱总能填补我的空缺,能在大雾中燃起长明之灯,照亮归家的路。你是我所有的渴望和富足。

我们不是没有吵过架,我也无数次想过为什么自己要来到这个世界上。可是我明白是药三分毒,因为太爱,所以才会容易受到伤害。我们也在为彼此打磨那些刺痛对方的棱角。我的前路难测,荆棘丛生,我赤手空拳也难敌坎坷。只有你是我的千军万马,是我的神兵利器,是我所有的后盾和力量。

妈妈,星河长明,昼夜轮转,人类在时间中不断重蹈覆辙,没有什么是永恒的。

宇宙再辽阔,也只是因为我们未曾完全探索,可是唯独你的爱在我心中永远不朽。

　　妈妈，从前我觉得北方给人的感觉很亲切，直到孤身一人站在这凛冬的街头，才恍然发觉，你身所在，才是吾乡。

疯骨集

雾是清晨偷偷掉的眼泪。

辑三：在人世间

笨蛋童话

> 其实我在面对亲近的人时才更会伪装。

生命有什么终极意义吗？他们说那是爱。

我不相信。

我快乐的时候喜欢唱悲伤的情歌，然后染上伤感的情绪，大概这就是无厘头的因果吧。

我不相信爱，但我爱你。

他们捧着小狮子说好可爱，可是手还在微微颤抖，不敢与我对视。本森林之王不屑地离开了这帮愚蠢的人类，走之前我翻了个极有灵性的白眼。

我明白的，这就是称王要面对的孤独。但有一个人挺特别的，他好像是真的不怕我。他带我吃香的喝辣的，给我穿漂亮的小衣服，看向我的时候眼睛都在闪着光。

他叫我胖橘。

呔,本大王怎么会是那等傻猫!虽然他也是愚蠢的人类,我却并不嫌他烦。嗯,勉强可以忍耐。

你问我期限?

你猜。

你以为我会说一辈子吗?天真的人类。其实我在面对亲近的人时才更会伪装。

装作傻样,说一些不着边的话逗你开心。

今天也在努力扮演一个合格的笨蛋呀!

辑三：在人世间

若有一日我终将死去，

那我便要向浪漫借最后一粒火种。

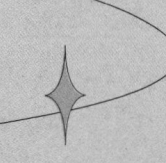

在落日余晖中燃烧，

与晚霞跳最后一场探戈，

然后融化在太阳里，

变成永恒。

好久不见

> 人们终其一生都在寻一个能读懂自己的人。

  姐姐,我总是会对人生旅途中遇见的朋友骤然离去而感到不解,总是固执地想找出所有问题的答案。直到真正长大了,回首看过去的我时,我才明白,很多走散其实并不需要理由,只是时候到了,而彼此不再同路,也不会有什么刻意的道别。

  小孩子会直白地说"我们做朋友吧",成年之后的我们却都习惯了缄口不言,习惯了突如其来的离开和分别,或者被动接受着莫名其妙的指责和谩骂,而自己百口莫辩。

  所以我时常感到庆幸。

  2021年的夏天闷热,我脖颈上终日顶着一颗过分骄傲的头颅,固执地不愿意认下莫须有的罪名。可我的脊柱被恶意压弯,半身都埋进了流沙,混迹其中的蛇蝎就顺势缠紧我,撕咬我的神智。

  姐姐,那时候,你写了封信给我。

你说自私点吧，做自己就好了。

你说我已经很棒了，不要因为别人的质疑弄丢了自己。

你说要学会独行，要接受孤单。

我们终其一生都在寻找能读懂自己的人，却也总是别扭地不那么愿意把完整的自己展现出来。

当我真正遇见你们之后，我才明白，原来我不用永远保持斗争的状态，不用一直僵持着抵抗。原来我也可以败下阵来，可以闭上怒睁的双眼，可以安心把后背交给谁。

原来我常常独自前行，却并不是孤军奋战。

姐姐，从盛夏到盛夏，我们相识到现在，已经有了五六年的光景。

没有什么时间是过不去的，可是如果没有你和始终未曾离去的他们，那个执拗又稚嫩、脆弱又骄傲的我，或许早就彻底消失在了那个难挨的夏天。

姐姐，好久不见，我却觉得不见也甚好。隔着屏幕知晓彼此安康就够了，见了面我们反而会不知道该怎么开口。

七月的天很热，热得我心里那些珍藏的、来之不易的糖都融化开来，晕成一摊五颜六色的梦，散发着会让我感动得想要流泪的光。

我逐渐敢回头看向过去了。

姐姐，你是我一生中的三种太阳之一。你是清晨的旭日，不那么刺眼，但足够明亮，伴随着的是焕然一新的山川旷野、晶莹剔透的晨露和所有令人向往的生机。

荒漠也会长出花海，乌云也会被人赞颂，所有的所有都始终值得被肯定，也终究会得到肯定。

我突然想起来高三的某天傍晚，云像野草一样，夕阳一点就着，无声地烧得轰轰烈烈。那时的我，眼睛里下了一场雨，看不太清那样的盛景。而你默不作声地旁听，没撑伞，只是平静地帮我擦透亮了心上的那扇窗。

我写过太多千篇一律的祝福和不太诚恳的永远，行文至此满腹真心却不知该如何结尾。

想祝你的生活永远都是一首漂亮的颂歌，想祝你每一次跌倒之后都可以打一场漂亮的翻身仗，想祝你明天后天每天都记得开心，想祝你时刻清醒却又不失浪漫，想祝你即便不是小王子，也能遇见为自己而来的玫瑰。

祝你永远都在奔赴下一场春天。

玫瑰要在冬天死亡,

让脆弱易碎的美永存;

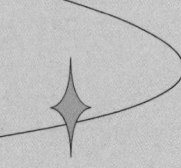

庸常要为疯狂让道,

离经叛道的火必会永生。

我是惊世骇俗的破折号,

是叛逆者无法摧折的脊梁。

所以亲爱的,

别被无法轻易堪破的神秘吸引,

别在黑暗中噤声,

别听到自己如雷贯耳的心跳。

老了也一起
去晒太阳吧

> 世人爱看跌宕起伏，我却只愿你平安喜乐。

阿槐，写下这两个字的时候才发现我们名字的音是一样的，心中掠过些微欣喜，像是小时候知道被藏起来的唯一的那颗糖是自己的一样。

世人爱看跌宕起伏的故事，我却只想你平平淡淡地过完一生，做一个和大多数人一样能被幸福拥抱的人。我们好像是生来就与世界背道而驰，拥有所有不被看好的特质，所有观念都不被接纳，我们是反骨，是倒着长的花。

我们坦然地承认自己是个疯子。我们疯狂地说话，疯狂地去追求所有最真实的渴望，疯狂地活着，或者疯狂地想要去找寻死亡。

我们只有足够疯狂，才能感觉到跳动的心脏。

我们都是没能站上世界那个巨大流水线的人。

于是我们成为异类，可又没有足够的力量去抗衡不公的命运，在宿命的针对下抬起头来。

  我们一次次被压迫到膝盖弯曲，却还硬生生昂起自己的头颅，在鲜血四溅时感觉到自己存在的痕迹。

  人间并不温柔，多的是不可抗力，自由是比死亡更难到达的彼岸。枷锁套在每个人的脖颈上，言语间稍有不慎就会被群起而攻之。舞台上唱歌的少年其实没发出声音，所有的一切都是提前录好的音频，他以被规定好的弧度微笑着，掉着关灯后才能看见的眼泪。

  我们都被无数次割伤、丢弃，变成破败的模样，这是我们拒绝枷锁、自愿放逐的一生。

  我在永夜里点燃灵魂，想成为自己的太阳。而你像是一团暗火，乍看像快熄灭的样子，内里却还坚韧地顽强抵抗。

  我们要认真地活着，认真地扛过那些晦涩和惨淡的日子，认真地去学会快乐。我们要挑衅这独裁的命运，肆意地做不被规划好的自己。

  我们要一起的，不要忘了。

  在我面前，你可以永远做最真实的模样，我会把你的所有妥善地保管安放。

  别怕温暖，我们一起出去晒晒太阳吧，最好七老八十的时候也这样。

  或许那个时候我们能指着命运肆意讥笑，或者释然地去爱这人世间其他的美好。

  我们一起，一起看无数日落，待亿万朝阳。

  去抵抗吧，去挣扎吧，就此义无反顾。

你是我心甘情愿奔赴的死路,

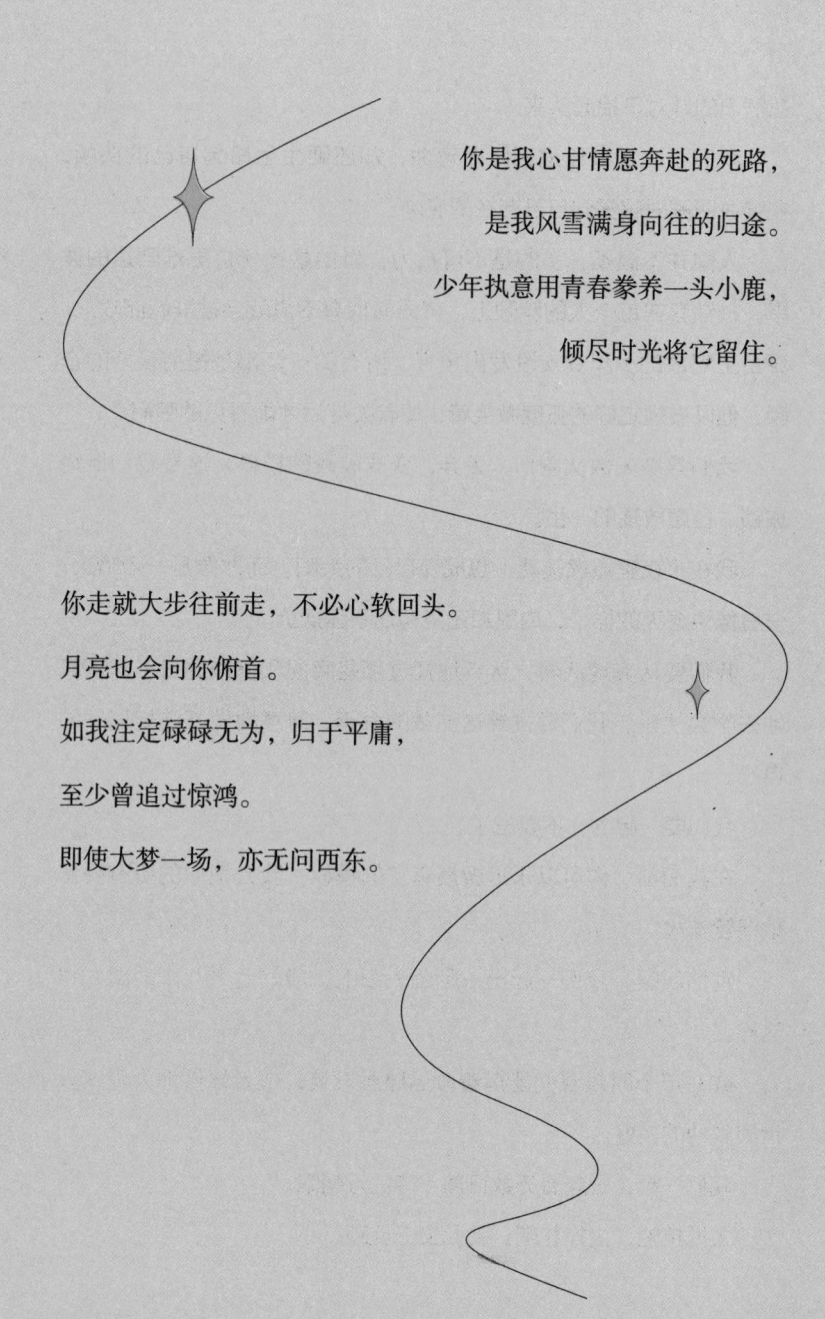

是我风雪满身向往的归途。

少年执意用青春豢养一头小鹿,

倾尽时光将它留住。

你走就大步往前走,不必心软回头。

月亮也会向你俯首。

如我注定碌碌无为,归于平庸,

至少曾追过惊鸿。

即使大梦一场,亦无问西东。

辑三：在人世间

我坚信会遇到坚定的你

> 我要成为更好的自己，不再猜测爱人的来向。

总是觉得我应该爱上谁才对，应该像俗世红尘故事里描述的那样。即便不轰轰烈烈，也多少要曾经拥有过爱这个情绪。很多文章都说人总要爱得奋不顾身一次，也有许多人在我耳边提起谈个恋爱试试。可是人生不是剧本，哪来的那么多跌宕起伏后还能圆满的结局，人生也不是游戏，不可能输很多次都有重来的机会。

我不是没抱着期待，试过靠近那些看着绚丽的目的地。可大部分都是会被轻易戳破的梦境，到头来才恍然发现，原来爱不过是一个用来自我欺骗的伪命题。其实自己早就知道了，世上多的是暖风过境，往往留下的只有一朵枯萎的花。

有时我也痛恨身上被社会驯化的一小部分。那些并未明文规定却更加严苛的枷锁把每个人的人生划分成相同的长度，我们不断地被告知在哪个年纪该做什么，该成为什么样的人。我们的人生在别人的口中也好似永远有着一个不断更新的、永远无法超越的对照组。

可是我们明明不必按照同样的长势成为温室里的花，被关在玻璃罩子里等待着被标好价格；也不必避讳眼泪和悲伤，试图去治愈这些所谓的负面情绪；更不必如同向日葵一样永远追随太阳。我们明明能够选择自己的朝向，或者爱上素未谋面的海，或者迎接一场滂沱的雨。

受了伤不必日日掩饰，闷久了反而叫疼痛徘徊不去，不如大方地拿出来晒晒太阳，或者把它编成一段故事，给愿意的人唱来听。同样，我并不在乎我是否会被选中，我甚至抵抗所有的采摘，我有自己的明艳和芬芳，也有我根系上附着的泥土。

我热情地爱着阳光，也坦然地承认自己期待雨季，风与雪都成为一份远道而来的礼物。我会遇见挫折，却不会被磋磨；我认同命运，却不轻易顺从；我热爱火焰的热烈，不拒绝死亡的平静。我温和却并不温顺，我有平滑的一面却不失棱角。

我平凡又洒脱地在自己的世界里熠熠生辉。

我有那样无用又固执的浪漫主义，总是不愿意太轻易地妥协，或者向世界的大多数靠拢。我笨拙又坚定地守着自己的想法，不愿意将就，也抗拒随意的选择。

我有时候也会怀疑，照着心中的所谓理想型，真的能遇见爱人吗？那样岂不是同挑选商品无异。后来慢慢发觉喜欢和爱能假装产生，但这种情绪一旦真的产生了，就不是我能轻易左右得了的。

所以我的笔下不再有具体的姓名或者代号，我认认真真地走自己的路，看更美的风景，成为更好的自己，不再纠结徘徊，不再猜测爱人的来向。

我相信在坚定自己方向的路上,总会遇见同样坚定的你。

不遇见你,谁也不行。

你呢?应该也在坚定着自己的路吧。

近日风大,路上小心。

如果有一天海水倒灌入天空，

太阳在汹涌的浪涛中被浇灭，提前走向死亡。

连月亮也被锁在深海，失了光亮。

星星被绞杀，

尸体被水花包裹着沉下，没发出声响。

这一刻，光明宣告破产。

人和影子终于融为一体，能够拥抱。

如果血是蓝色的，

如果海本不是蓝色的。

当虚伪的正义跪地求饶，

没有机会再给人背后一刀。

在最后几秒，它听见深渊的低语：

"当初我也曾恳求你，放过我好不好。"

辑三：在人世间

人类是地球的老年斑

> 孤独的人总是更喜欢大海。

　　我原先在备忘录里写给大海的信里写着：亲爱的海呀，我始终会一次次地奔向你。

　　和大部分同龄人相比，我已经游览过许多地方了。但无论是郁郁葱葱的山，还是广阔无际的原野，都不像湖海那样拥有能让我落泪的美。

　　我喜欢在岸边将近日的愁绪摆放整齐，而后坐在一旁指挥海浪一下下地把它们打散，抚平我心绪的同时再开出一朵朵漂亮的浪花。

　　可是海呀，写给你的那封信还没来得及寄出，就被那个无知小岛的愚昧洇湿，字迹难辨。

　　我曾说若有来生，最好化为一滴水，去拥抱你，拥抱亿万个我。那样便不会流泪，也不会再见悲伤。随着浪花舞蹈，被风不断耐心地抚平，每一滴水都能被爱，都不孤单。

孤独的人总是更喜欢大海。

天和海都是蓝色,世界的基调就是蓝色的。所以当海失去蔚蓝时,等同于地球患上癌症。你会难过吗?会痛吗?看着自己衰败,看着自己养大的孩子们颓废,会感到愤怒吗?

你,会恨我们吗?

人类是地球的老年斑。

我终究要失去那幅无法带走的水中月,失去夜色下影影绰绰的墨蓝波纹,失去海浪的拥抱和鱼群的亲吻。

天空失去镜子,人类失去蓝色的海。

我还是会去见你,来生还是会想成为你。

只是我笔下的绝望从此可以被形容成:

"再也见不到今天的海。"

我在你的文字间窥见光阴的隐秘，

明了爱情是难以琢磨的谜题。

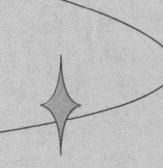

我沉迷你笔下每一次的文艺复兴，

你是山巅的雪莲、云间的月季，

是孤塔，照亮离群的独鲸。

荆棘欲刺痛你，命运像蟒蛇般交缠你，

世界要处理所有的不合规矩，

但我祝你永远是你。

祝你如烟逍遥人间，如风拂遍川野。

祝你坚守己见，祝你所求皆如愿。

愿这世间污泥无法沾染你的魂魄半分，

祝你是一场不会落地的雪。

疯骨集

一朵花的
葬礼

> 死亡没什么难以启齿的，人生就是要一直接受别人的死亡。

人们向来避讳谈论晦涩的事物，总将之视为死神的口谕，似乎如此就能得到赦免。蒙住眼睛不看，似乎就可以假装不知道答案。可这完全不是人力可以控制的，时间的长河里困着无数只蝴蝶，只需要一个振翅，往往就能瞬间决定生死。

死亡有迹可循，却无法改变。就像一朵花从绿叶中长出花苞，从开花到凋零的每一天都是能够被细分的。我坚信死亡从来不是一个路标，它就是我们从出生起就在走的路，每走一步，就更靠近它一分。这是无法躲避也无法改变的命运，所以对于生死我从来认命。过去总听人提起"不要向命运低头"，于我而言，那其实意味着我需要一个不算后悔的人生，我最好为了那个不知道何时会来的死亡，更好地活着。

在某种意义上，真正能感受到死亡的其实是活着的人。毕竟人死了有什么想法也再难回到尘世表达,而被迫留下的人却是真真切切地死去了一部分。带着所有彼此之间的回忆与情感,彻底地在我的人生中变成仅供参考的黑白电影。

就像是森林里成群结队的树,有一棵被砍下拉走,站在旁边的树就再也无法同对方共享一片天空。若是合唱一首春日赞歌,仍然还能感受到地里交缠的根茎,以此来缅怀对方还在的昨天。

离开的人在我身体里所建的房子也轰然倒塌,带着一部分的我自己死去,只留下一地废墟。

我向来热衷于所有破碎的事情。比如演奏到最高潮时琴弦骤然断裂,比如坚定的誓言被无可避免地击溃,比如瓷器在面世的下一秒就支离破碎,又比如爱没来得及说出口,死亡就已降临。

记忆无法像故事里写的那样可以传承。对亿万个普通的人来说,他们所有的情感,爱也好恨也罢,无论浓烈与否,大都无法不朽。最终的结局都是尽数消散,而后被时间嚼碎,碾为尘土。

有一颗星星在时间中湮灭,破碎其实是与宇宙另一种意义上的大团圆。

所以其实死亡没什么难以启齿的,人生就是要一直接受别人的死亡。有时连带着一部分自己,扔下了这边的人,走进那边回忆的电影里,迎来自己的死亡。

如果生命是一场倒计时,我从出生的那一刻就无法停下走向死亡的脚步,又何苦去在意羡慕那些别人的坦途。

只要我能闯过幽谷、迈过鸿沟,又何必介意每个人的命运公平与否。只要仍在奔腾,即便被绊倒、被击溃,即便归于荒芜,至少我曾留下风骨。

如此，又怎算与梦想殊途。

我一直坚定地相信着，人生就是不断地在找寻自己。

悲伤的自己、痛苦的自己、开心的自己、温柔的自己……各种各样的自己，熟悉或者看似陌生的自己。世界太复杂啦，要游走其中就不能妄想不受伤害。

比起做别人人生中的参演嘉宾，不如四处游历，试着找到自己。

各种各样的碎片，找到了还要融合，要吸取也要舍弃。已经这么累了，就不要再太在意别人怎么看，你只要专注在完成自己的这份拼图就好。

所以我祝你在找自己的路上，仍然永远是你。

去攀险峰，去淌湍流，去捉风的尾巴，找太阳的影子，去在一切地方铸就自己。

最后，对死亡带来的我的最后一块碎片说"欢迎光临"。

我破碎地来，将完整地去。

泥潭里也可以起舞,

它有月亮对湖海般同等的青睐。

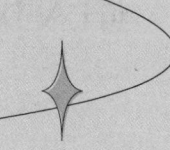

梦想的乱葬岗里栽满玫瑰,

它有浪漫对众生一致性的爱护。

亲爱的,灵魂即便风干也不可以腐烂。

世界贪婪破败无所作为又怎样?

不妨碍我成为一朵花。

疯骨集

不要随意
踏入我的世界

> 我只愿意遇见最纯粹的心。

像是一颗泡腾片被扔到了海里,我听见自己溶解的声音。两滴液体约好要一起去远方流浪,却被密度阻隔,无法拥抱。有人爱上梦里惊鸿一瞥的影子,它出现在好多人的身上,于是心被一瓣一瓣揪下,送到不同的手上。

感情像是旅游打卡地的印章,人们拿着相似的本子排队等待着被盖上一致的印痕。世上多的是低成本就能邀请参演的言情小说,按部就班地完成剧情,在结婚的幸福结局中戛然而止,全然不提往后的日子如何。一个吻就好似镶金带银,要星光作陪,天下皆知,还要对方必须流下感动的眼泪。像是玩某种卡牌游戏一样,每个人都必须谨遵自己的身份,不得逾越。

世界变得好荒诞,每个故事后面都有精心编撰的剧本,观看与被观看者都是演员。我有时也无法控制地被卷入一场狂欢,茫然地被捧起，或者被丢弃在旁边。

起初似乎是看起来热火朝天的，可一旦结束，我就感到一种庞大的荒谬感，并且对于那样的自己有些陌生。这个社会被虚拟笼罩着，每个人都披着网络的隐身衣，以为能决定他人的命运，却也同样在很多不知情的情况下成为一片雪花。

利益好像逐渐大过于热爱，或者说，总有那么一群豺狼虎豹，在别人的热爱下胡作非为。像是过年时最讨厌的熊孩子一样，无耻又贪婪地伸手索要，没达到目的还会倒打一耙。

曾经我有一个很喜欢的地方，一个存放了很多纯粹的喜欢的地方。有很多人路过，在此定居，我们互相点头示意、微笑、挥手，发自内心地称赞彼此眼中的星星。我们各自拥有一块自己开垦出的土地，各不干涉，却彼此尊敬。

可惜时间在眼睛里慢慢走过，我与很多人告别，甚至没有告别就已分别。他们或是悄无声息地离开了建好的家，或是迫于生计忍痛变卖房产。于是我又失去了许多朋友，甚至要眼看着那小块土地更名，我与对方的回忆从此失去载体。

这个路口曾有很多人经过，走了一批人，又来了更多的人。这本是一条无名的小路，甚至最开始算不上一条路，这里曾经只是一片荒草地。只有真正热爱这片土地的人会来到这里定居，锄草栽花，自建一个属于我们的理想国。

后来这里逐渐被人所知，他们憧憬这片花园，这里不仅有山茶、玫瑰和高耸入云的绿树，连野草都透着生命的倔强之美。可他们爱的只是土地上开出的花，却没心思去翻土开垦荒地，他们只愿意接受赞美，却不愿踏足污泥，不愿意付出努力。

他们一边贪婪地视奸我们的花园，一边嘲讽我们辛苦建造的房子，说有那样的成就只是由于我们是提前来到的。他们放火，闯入我们的家如入无人之境，私自折断我们精心培育的花，拼凑成荒唐又僵硬的花环。

后来我最早的那些邻居相继离去，我也渐渐不愿再同那些新来的人交际，我厌恶他们的恶行，厌恶他们如蝗虫一般成群结队。

我也越发对世界感到疏离，或者说越发恐惧被靠近。

在某种程度上，我总有着稍显强烈的"领土意识"。

我会很在意领地被进入，哪怕不是入侵，哪怕并没有太大的恶意。

只是我已经划分好了外圈的观光点，但凡有人要去试探那个界限，我就会控制不住自己的獠牙和利刺。

我厌恶所有不知礼数的过分亲密。

我常常想念那些未有归期的朋友，在这片土地上，我只愿意遇见最纯粹的心。

辑三：在人世间

闲暇杂记

> 总会有一座山值得你去攀登。

（一）

心血来潮把粘在床上的自己扯下来，兴致勃勃地化了个淡妆，准备出门去看余华老师的作品展。将自己扯下来时有轻微的痛楚，像是粘在手上的透明胶撕下来时会带下几根汗毛。我喜欢这样轻微又不可忽视的痛，并赖此保持清醒。

坐了快一个小时的地铁，倒了三班车到地，屡次从目的地门口路过而不得其方向，最终在晕头转向、耐心告罄之前看见了近在眼前的独栋两层建筑。门口巨大的海报上贴着余华老师，那眼神透露着一丝对愚蠢的怜悯——嘿小姑娘，我看你不太聪明，转半天了才找到啊。

走进去却属实感到一些失望，像无头苍蝇一般又在书架之间迷路许久，终于找到上二楼的台阶，又绕了一个大圈子才看见角落里的两排小展柜。很难称其为一个场展览，不过两眼便瞄完，没什么可言。

掏出手机的时候鄙夷了自己一会儿，先前还总是说看展只会掏手机不思考的人真的是作秀的好手，到头来自己也成了其中一分子。但属实难以昧着良心夸赞，遂找个合适的构图拍上一张，作为另类的"到此一游"。

我是很容易找不到路的那种人，方向感还行，只是不愿意用眼睛去看。有时宁愿问陌生的路人，也恐惧于在寻找任何一个确切地点的过程中，不经意对上任何一双眼睛。

自从有次我在一个六岁小孩的眼里看见了他不会掩饰的欲望和过分庞大的野心，我便不太爱看人的眼睛。

打量、挑剔、审视、算计，此起彼伏的情绪层层叠叠地藏在一双双眼睛里，像漩涡一样让我感到压抑。所以我更喜欢不戴眼镜，让所有锋利的一切都披上柔和的滤镜，我不必看清任何一个人的表情，不必去读懂任何一个人的眼睛，不必为此费心劳神。

我不想去看清那些晦涩，也不再愿意费劲去理清那些混杂的丝线了。

我好不容易爱上这个世界的。

（二）

"早八人"从床上坐起来脑袋蒙蒙的，像是被闷头敲了一棍。看了眼手机，及时关掉要响起来的闹钟。宿舍里灰蒙蒙的，这时我总期望角落里窜出来一个怪物把我一口吃掉，这样我就可以顺势逃掉早上八点的课程。

可惜怪物没出来，我也马上要走上八点的断头台。

十一月中，冬日的温柔不知道还能持续多久，天气向来是和人类一样薄情善变的存在。

有些怀念南方的雨季，虽然总是会过于潮湿，呼吸起来也不太舒服。我的心常年也是湿淋淋的，太阳并不能将它晒干，反倒叫我白白脱了一层皮，疼得龇牙咧嘴，苦不堪言。

下雨天大家都是湿淋淋的，世界也灰蒙蒙的，好像我就不那么孤独了。

之前看到一句话说，自己过得说不上多好，却也看不了别人受苦。

我好像总是在自己颓败的世界里培育开不出花的树，却还是会在别人遇难时舍出仅剩的光，做一个短暂的英雄。说崇高的理想有些夸张，其实只是变相地在拯救自己而已。因为无力摆脱困境，倘若可以助人一臂之力的话，好歹有人能替我去看看光。

在被要求描述自己的时候，我总是会下意识地排斥。很多词语在纸上时会成为情绪的载体，他人翻阅时我也不会感受到被凝视打量的目光，一旦要宣之于口了，就乍然显得荒诞，有些顾影自怜的意味。那些字词只是那么途经唇舌，就会在人们的目光下变得干涩，到头来念的人和文字本身都感到被戏弄的羞恼。我也在某种程度上逃避被人当众夸奖我写下的那些字词，像是所有的隐秘被当众处决，甚至曝尸荒野。

过去我曾写道"我渴望被读懂，却也厌恶被剖析"，我一向认为文字是超脱于时间的东西。它可以是写实的，属于过去的影子和印痕，但也可以是一个盛大的幻觉，属于不存于世的神秘之物——当虚幻的事物能被文字创造出来时，谁又能保证那不是在我们不知道的地方写实呢？

我想这就是文字的魅力。

文字同时也是一种声音。我做不了改变世界的英雄，也无法保证自己能在遇见的每一次不公中，都一腔孤勇地站出来逆流而行。我提笔写着铿锵的致辞，在真的遇见什么的时候却会下意识地权衡利弊，虽然在尽力地勇敢发声，但仍然在某些时候被社会的冷漠击溃。或者说，只是被自己的生活里那个名为沉默安稳的情绪拽回。

我不得不去考虑发出不同声音的代价，不得不去考虑，我是否要为了一个我无法推动的正义堵上我安稳平静的所有。

我们不得不思考这些，为此在良心和决心之间饱受折磨。

可是好像总是有人会站出来，总有人会选择舍己救人，总有人会挺身而出，总有人心怀大义，总有人头也不回地，欣然踏上了自己的死路。

即便永夜将至，光明被镇压，黑暗像鲜血一样黏稠，满目绝望。可总有人会举起火把，总有人会去做夜里的月亮。

后来我逐渐明白，能够彻底改变社会的不会是一个人，有冲锋者，自然也有守门员。每个人的信仰不同，愿意付出的多少不一。有的人赌上一切只为唤醒世人，当然也需要有人坚守自己，同时成为一滴略带净化作用的水。有的人成为正义的传教士，不做骑士那样的冲锋奋斗，只为传播好的理念，发扬好的思想，从自己向外辐射，惠及其他。就像树需要有四处伸长的枝丫，也离不开深埋地底稳定基础的根。

刚开始写文章时，我写下过一句话："做不成国家的兵，就做好国家的钉。"

我此时乃至将来，都将认真奉行。

（三）

很长一段时间，我都在思考生命是什么形状。

大家性格各异，相同的点不过是都被塞进了身体这个小小的容器里，有着的仅仅是相似的外形。我们可能本来只是在宇宙中漂泊的粒子，大多在无意义地四处流浪，直到被选中降临到这个世界，成为亿万人类的一分子。

我总是在我的文字中谈及过去，谈及一些愈合了又反复被撕开的伤疤，谈及相遇，谈及所付出的颠沛流离，谈及所有小心翼翼的孤僻。

我试着靠近孤独，一个人看电影、一个人逛街、一个人去图书馆……有时保持孤独是一件好事，只是云无论飘到哪里，终究都会化成雨滴回到大地。就像大部分人类无论如何离群索居，也总是有拥抱人群的渴望。

后来我明白，一个人对自己和事物的看法和态度，都归因于他对世界的定义，归因于在他的定义里幸福和痛苦的占比。

我向来认为书才是人类寻找未来的捷径，书教会我先辈的疼痛，教会我他人的幸福，书是无数人的历史和未来。我总爱去书里找答案，看书就像是看一千卷藏宝图在我面前展开，一万座卧伏的远山在我面前站起来，看书叫我虽知路途遥远，却能明晰方向。

我也在许多不解与对离别的伤感中慢慢明白，其实每个人都是带有辐射的粒子，所以有的人互相吸引，有的人无故排斥，有的人求同存异，有的人固执己见。

要在亿万人中遇见同频的粒子太难了，相遇的过程总是难免遭受碰撞。

但我不爱否定自己，无论是过去还是现在或是未来。我向来擅长开辟新路，总能找到适合自己的方向，我忌讳后悔，我只会前行。虽然并不感谢所有的磨难，也不算坦然面对所有的相遇与分离，幸好心中仍有坚持，总归不至于迷失方向。

我也相信总会有一座山值得你去攀登。

（四）

年关将至，万物周而复始，唯独人类的时间离经叛道，不愿回头，只憋着股劲往前冲。

又是一个暖冬。十二月的树还没完全褪去所有装束，仍然有零星的枯叶轻飘飘地坠在树枝上，一阵风刮过，却不见它颤抖半分。

冬天是回归与团圆的季节。所有的叶子都该回到土地上，等待下一个崭新的轮回。可是这棵树固执地留下的几片叶子，就像我始终无法根治的回忆里的那些病痛，无法获得真正意义上的新生。

在路上看见穿校服的学生，突然就对十八岁之后的日子感到陌生。高考完，我像是骤然失去某种明确的目标一样茫然无措，只是被时间推搡着往前跌跌撞撞地跑，沿途的风景来不及进入我的眼底就飞速向后离去。日子像是被烧到尾巴一样急得跳脚，时间却宛如迷香一般叫我们无意察觉它的流逝，只是恍惚地走，没有方向。

在把回忆拽出来晾晒的时候，我真的很想念十八岁。

想念不喷香水的白衬衫，想念始终如一的校服与白袜白鞋，想念篮球场上挥洒过的青春，想念五十几人、拥挤但热闹非凡的教室。想念教学楼里一条条如出一辙的走廊，想念那走廊里承载着的不同梦想。想念窗外烧了半边天的晚霞，想念课间响起的流行歌。想念一群人，想念一个人。

我想念那种可以不顾一切的冲劲，那种无所畏惧又天真地觉得自己所向披靡的骄傲，那种好像永远都对未来充满希望和愿景的活力。

于是我发现，我想念的不是十八岁，而是鲜活的自己。

越长大我就越发失去爱人和爱己的能力。

前些日子和朋友聊天，说起我似乎没有什么特别喜欢的事情，或者是那种喜欢的动力。对我而言，似乎活着的所有意义只是因为还没到时间，歌唱生活的原因仅仅是喜欢虚构浪漫。我沉溺于美好的幻想，试图借此缓解真实生活中晦涩的侵袭。好像有一部分七情六欲离家出走，我逐渐失去表达它们的能力，只能在虚构的故事里去寻找它们的只言片语。

他问我，写文字不算你热爱的事情吗？

我说不算。写文字在我这里算不得一件事情，文字在我而言，是另一部分的"活着"，是我借着字词寄存的、另一部分尚且纯粹的自己。它是我的灵魂，某部分存有我三分之二生机的灵魂，叫我不至于在现实的灼烧中，等不到我原定的死亡。

我不怕死亡，我只怕没有留下任何痕迹。

所以我是矛盾的，一方面不愿意面对世界的复杂和难耐，选择逃进自己的精神世界里，一方面又自我唾弃这种颓废的行径，告诫自己至少存活于世的时候要对得起自己和父母。

我惯于偷闲,却忍受不了碌碌无为的不争气;我惰于奋斗,却常常惊觉自己已被很多人事物抛下,被几乎淘汰。我的成绩配不上我的傲气。

我活在幻想和现实的旋涡里,明明想要妥善处理自己仅存的天赋,却还是仓促地过完一生。

天使使用手册

他是为我而来的。

（一）

和天使分享刷到的搞怪故事，笑得乐不可支。

天使给了我一个脑瓜崩。

我抱头委屈地说："虽然你是天使，但也不能老打我脑袋呀！"

天使轻飘飘地睨了我一眼："那你倒是别玩手机还笑出声来啊，真给本天使丢脸。"

"天使，我看书上写天上有四大天王、太上老君、观音菩萨还有王母娘娘，但没有在书上找到你。"

"……有没有一种可能你看的那本书叫《西游记》，而我是西方的天使。"

"我明白了。"

天使欣慰地摸了摸不存在的胡子。

"你是偷渡过来的间谍吧！我要举报你！"

天使一个趔趄。

"喂，我可是天使，而且我是为了实现你的愿望来的，你怎么如此薄情！"

我露出一言难尽的表情："你是不是偷看《红楼梦》了？"

天使大惊失色："你怎么知道！"

"因为你说话听起来林里林气的。"

天使有些扭捏："我在网上学的，嘿嘿。"

我说："可是你还捻不存在的胡子！"

天使恼羞成怒："不许再说了！狡猾讨厌的人类。"他跑到角落里蹲着自闭。

我抿了抿嘴也蹲过去，戳了戳他："我宽容美丽大方的天使大人，请不要和渺小的人类生气啦。"

天使哼了一声，换了个角度不看我。

"那我买小熊饼干给你赔罪好不好哇？"

天使明显意动了，但还是犟着不肯回头。

"那包你三天的小熊饼干？"

天使震惊："我堂堂天使是区区三天的小饼干就能收买得了的吗？"

"那五天。"

"成交。"

空中一声巨响，天使闪亮登场。

我惊呼:"唔……这位朋友,你为什么要挂在我家窗外的树权上,很危险的哦。"

不明人士蠕动了一下,然后大概是觉得太丢人了,索性瘫在树权上装死。

我又问:"您需要帮助吗?"

白色的一坨并没有动作,只是小声地说:"不用了。"

听声音似乎还没缓过来,我从烤箱里端出新鲜出炉的小熊饼干,优哉游哉地沏了一杯茶,看着某白色不明物体,刚刚心想:"今天的乐子不找自来了。"树上那家伙就突然弹跳起来窜到我面前。

"什么味道!"

我端着茶杯的手一抖,但很快稳住心神,好笑地看着眼前的生物:"阁下是?"

面前那个像是从精神病院跑出来的"危险人物"突然露出骄傲的表情:"我可是来实现你愿望的天使!"

"哦。"

"人类,我说我是天使!"

"哇,那你好厉害哦。"我敷衍地说。

天使气得不轻,并笃定人类的确是可恶又狡猾的生物。

"你刚刚许了什么愿望?我是来实现它的。"天使气鼓鼓地开口。

"啊……大白天的谁许愿啊。"

"刚刚有流星你看不见吗?"

我指了指闪瞎人眼的太阳,再看向天使。

天使哽住。

"啊无所谓了,你回想一下刚刚许了什么愿望。"

一个中午过去了,天使瘫在地上气若游丝。

"人类,你是鱼吗,为什么连许了什么愿望都不知道?"

我给他递过去一块小饼干,露出"单纯"的微笑。

天使一个鲤鱼打挺坐起来接过去,美滋滋地吃起来。

"这样吧,人类。我允许你现场再想一个愿望。"

"可是我没什么愿望想要实现。"

"怎么可能,"天使翻了个白眼,"人类向来都是贪得无厌的,怎么会没有愿望。"

我状似沉思:"那要不我就许愿你再帮我实现一百个愿望?"

天使了然:"果然人类都是贪心的,老板早就把这个愿望放进小黑屋了。"

我微笑地说:"那我就没什么愿望了。"

"不行,你不许愿我就回不去了。"

"那我就不许愿嘿嘿,你得陪着我啦。"

天使震惊,"你你你"了半天。过了一会儿,他慢腾腾地挪过来:"你真的没有愿望吗?"

"真的。"

"那我留下来能吃小熊饼干吗?"

"可以,管够。"

"好耶!带薪休假哈哈哈哈!"

"……"

(二)

和天使逛街,没看路差点摔了一跤。

我叉腰指责:"天使你怎么回事,都不知道提醒我一下吗?"

天使莫名其妙挨了一顿骂,只好委屈地狂吃小熊饼干。

昨晚和天使熬夜看剧。

"天使,你有脚吗?"

天使面露疑惑。

"你这一身白衣,还有黑眼圈,"我手舞足蹈地比画着,"在万圣节怎么看怎么像鬼。"

天使撇嘴翻白眼,骄矜地拎起自己的裙摆。

给我展示他的脚。

我感叹道:"咦!不卫生不文明!当众露出自己的脚,以后还怎么嫁人啊?"

天使"慈祥"地看着我:"首先,天使不需要嫁人,"他把手搭在我的肩上用力,"其次,醒醒吧,大清早就亡了。"

我痛得龇牙咧嘴,但还是忍不住嘴贱:"啊哈哈,你终于承认自己是女的啦!哈哈哈哈哈哈哈……啊! 哥别用力,啊啊痛死了,呜呜呜我错了我错了……"

"天使,你那么厉害,给我求一段姻缘吧。"

"我是天使,不是月老。"

我一言难尽地看着他:"你串台了吧。"

天使理直气壮:"这叫入乡随俗。"

我冲他竖起大拇指。

天使骄傲地抬头:"怎么样我学得不错吧,今天的小熊饼干要六包。"

"所以你会什么呢,亲爱的美丽的善良的大方的无敌的天使大人。"

天使被夸得飘飘然:"我会帮你实现愿望呀。"

"可是我刚刚说要姻缘,你又求不得。"

天使噎住:"因为那不在我的职能范围里。"

我步步紧逼:"所以你什么都不会对吧。"

天使拧起手指:"嗯……怎么不算呢。"

我深呼吸着,露出微笑:"那你有什么用呀?"

天使委屈地瞪眼:"我的职能就是你呀。"

"……我懂了。"

天使点头:"对吧,就是这么简单。"

"那就去洗碗吧,笨蛋天使。"

天使瞳孔地震:"凭什么要我洗碗啊,而且你居然还骂我笨蛋!"

"什么也不会的天使,不就是免费劳动力吗?"

天使好像觉得有点道理,但不想承认:"当然不是!你怎么可以这样说我呢?"

他开始假装哭泣。

"那行吧,聪明的天使,"我顿了顿,"小熊饼干你吃了吧?"

天使点头。

"得到了报酬是不是就应该付出劳动呢?"

天使缩了缩脖子,迟疑着点头。

"那就去洗碗吧,洗完给你做小熊饼干吃。"

天使眼睛一亮,被小熊饼干占领的脑袋宕机,身体已经先思维一步冲向了洗碗台。

"那你先做吧,我马上就洗完啦。"

我当然不会提醒他,当初他留下来的原因就是:"小熊饼干?管够。"

(三)

"天使,你为什么没有早点来找我呀?"

天使挑了挑眉,看着我。

我缩在窗台上小声地说:"你要是早点来的话,"我顿了顿,"就好了。"

月色被云层盖住,天使站在窗边看我:"我要是早点来的话,万一你不是你了怎么办?"

他很认真地说,第一次正经得像一个天使。

"所以我可以理解为你是为我而来的吗?"我眨眨眼睛,抬头看他。

天使的眼睛很漂亮,他笑着点头。

"所以我心情不好你也能理解我对吗?"

天使也点头。

"好的,"我直起身子,努力把笑憋住,强作忧伤地说,"今天的小熊饼干不做了。"

天使的笑容僵在脸上。他不可置信地看着我:"你别以为我没看见你在笑!"他颤颤巍巍地指着我,声音都在抖,"狡猾的人类,你就是厌倦我了,要用这种方法把我赶走,可以!"

"但小熊饼干有什么错呢?"他委屈地喊出来。

我猖狂奸笑:"咦嘻嘻!"

天使撇着嘴看我:"你不应该这样笑的。"

我有些疑惑。

"你应该'桀桀桀桀桀桀桀桀',"他示范着,"这样笑。"

看着我疑惑的样子,他露出反击成功的笑容:"这才是坏人的笑声,你不合格。"

我了然。

"哦,可你小熊饼干没了。"

天使无能狂怒。

"讨厌的人类! 我决定和你绝交一天。"

"这么久呀,要不短一点?"

"不可能!"

"那明天的小……"

"那就绝交三分钟!"

"明天的……"

"三秒!"

"……时间到! 亲爱的天使宝贝,我们和好啦!"

看老套的甜宠韩剧发出尖叫。

天使翻了个白眼:"人类,你在发出噪音。"

我充耳不闻。

天使撇嘴:"这有什么好看的,一群麻瓜在讨论狡猾的爱情罢了。"

我不乐意了,抬起头来盯着天使。

天使被盯得不自在，咳了两声，还是嘴硬地嘟嘟囔囔："明明就是嘛，人类的爱情哪有那么纯洁？"

我无语："所以才要看电视剧找满足啊。"

他发出不屑的声音，然后贱兮兮地捏着嗓子："没有物质的爱情就是一盘散沙。"

我无奈："你告诉我你到底背着我看了什么啊？"

天使转圈圈："本天使这叫知己知彼，笨蛋。"

我顿了一下，正想还嘴，天使就摇头晃脑得意地说："今天的小熊饼干我已经吃啦，嘿嘿，你威胁不到我啦！"

我回答："好的，那今天平板就别看了吧。"

天使的头上似乎出现了十几个感叹号："狡猾的人类嘤呜呜呜呜……"

（四）

"天使，人间太苦了。"

天使笑了笑："可还有甜呀。"

我沮丧地蹲在墙角，"甜太少了，天使。"我抿了抿嘴，"我时常为了那一分路上的甜，在撞到南墙之后吃尽了所有的苦头。

"我好想就此避世把自己埋在什么地方，然后再也不会睁开眼睛。"

天使挠了挠头："总会有一条路可以走到底的。"

"至少现在没有，而我已经遍体鳞伤。"我苦笑着，眼眶干涸，一滴水都挤不出来，"我像个一直在撞南墙，还一直期待下一条路能走到头的傻子。"

"可你怎么知道天堂就会不苦呢？"天使想了一会儿，支着脑袋问我。

我沉默。

"天堂是没有苦呀，可也没有甜，没有五彩斑斓的世界，没有风云雷电、山川湖海，没有亲人没有爱人，更没有我爱吃的小熊饼干，"天使歪了歪头，眼里有一种清澈的愚蠢，"天堂无病无伤，无喜无悲，你这样总记挂于人群的家伙，才不会喜欢那里呢。"

"天堂也不适合呀……那好像就是求生不得求死不能呢，虽然我也不一定能上天堂。天使，我不是被世界喜欢的样子。我没有漂亮的外表，我的内里也破败不堪，杂草丛生。"

"天使，不会有人爱我，但我总做无望的期待。"

头上传来揉搓感，天使抬手摸了摸我的头发，顺便捏了捏我的脸。

"可是我爱你呀，你的亲人也很好。他们也爱你，你也爱你自己。"他眨了眨眼睛，温柔地看着我，"阿辞，人不能选择是否要来到这个世界，却能决定是否要离开这个世界。"

天使托着腮，拉长了语调说："阿辞，世界的确没有那么漂亮，可在我眼里，你很漂亮。没有人能说夜里的玫瑰不是玫瑰，相反的是，能与黑暗做搏斗的玫瑰更有美感。逆来顺受不是你的本性，既然选择了不妥协，一只脚在水里裤腿就总得湿的。"他叹了口气，"你总是太急切地想要一个确切的答案，你总是不喜欢模棱两可，不喜欢似是而非和若即若离，可世界就是这样的，没有绝对的黑白。所以你总是受伤。"

我抱着膝盖扭头看天使："天使，你会离开吗？"

他摇了摇头:"虽然想告诉你所有人都会离开,终究有一段路该是你自己走的。可你遇见了我,而我是为你而来的。"

"所以你刚刚趁机弄我头发和脸还偷笑,是觉得我没看见吗?"

天使瞳孔地震:"这不是为了安慰你嘛。"他撇着嘴委屈地嘟嘟囔囔,"别扣我小熊饼干好嘛,今天才吃了三块。"

"给你再加两袋。"

"呜呜呜无情的女……哎!真的吗真的吗真的吗!"

"再问就是假的。"

他做了一个给嘴拉拉链的动作,眼睛漂亮得像是我见过所有美好的总和。

关于天使和我:

最开始我许的愿望就是有人能一直陪着我,

所以天使来了,

所以我后面许的愿望他都无法实现,

所以他"无法实现愿望"就不能走,

所以他会一直陪着我。

所以,

天使不是为了我的愿望来的,

他是为我而来。

图书在版编目（CIP）数据

疯骨集 / 木辞山著. -- 南京：江苏凤凰文艺出版社，2024.7. -- ISBN 978-7-5594-8728-5

I. I227

中国国家版本馆 CIP 数据核字第 20243L6Q54 号

疯骨集

木辞山 著

责任编辑	项雷达
特约编辑	周子琦　张开远
装帧设计	VIOLET Q1152979738
责任印制	杨　丹
出版发行	江苏凤凰文艺出版社
	南京市中央路 165 号，邮编：210009
网　　址	http://www.jswenyi.com
印　　刷	天津旭丰源印刷有限公司
开　　本	880 毫米 × 1230 毫米　1/32
印　　张	10
字　　数	222 千字
版　　次	2024 年 7 月第 1 版
印　　次	2024 年 7 月第 1 次印刷
书　　号	ISBN 978-7-5594-8728-5
定　　价	45.00 元

江苏凤凰文艺版图书凡印刷、装订错误，可向出版社调换，联系电话 025-83280257